AF375139

वृंदा तुलसी

मंगलेश मंगली

शाम गहरा चुकी थी। कालेज में खूब रौनक थी। कालेज में 'यूथ फैस्सटीवल' चल रहा था। सब लड़के लड़कियां खूब सज-धज कर आए हुए थे। एक तो जवानी का जोश ऊपर से कालेज के दिन, रूप और सौन्दर्य भी आपने यौवन पर था। यह चार पांच दिन खूब मस्ती में बीतने वाले थे। सारे कालेज के विद्यार्थी हिस्सा लेने के लिए आए हुए थे। कोई डांस में निपुण था, कोई अभिनय में तो कोई संगीत में। रोज रोज नई नई चीज़ें देखने को मिलती थी। चारों तरफ रौनक और शोर-शराबा था।

आज संगीत की प्रतियोगिता थी। एक से बढ़कर एक मधुर आवाज़ सुनने को मिल रही थी। अलग अलग कालेज के विद्यार्थी स्टेज पर आते गाना सुनाते और खूब तालियां बजती। अब बारी थी अमीरपुर कालेज की लड़की की। वृंदा.... धीरे धीरे छोटे छोटे कदम लेती स्टेज पर चढ़ी। स्टेज की सारी रोशनी उसके चेहरे पर पड़ रही थी। उसके सौन्दर्य, सौम्यता और सादा रूप देखकर सब की आंखें खुली की खुली रही गई। आंखों से हो कर दिल में उतरने वाली मूरत थी।

लम्बा पतला तराशा हुआ गोरा बदन, सफेद साड़ी में लिपटी छरहरी काया। पतली पारदर्शी साड़ी में से झांकती हुई गौरी, पतली, लम्बी कमर। ऐसे लग रहा था जैसे पूर्णिमा के चांद के आगे पतली सी बादल की सफेद चादर तान दी हो। वृंदा क्या वो जो साक्षात रति का रूप लग रही थी।

मोटी मोटी, बड़ी बड़ी आंखें काजल से भरी हुई थी। चौड़े माथे पर बिंदिया चमक रही थी। नाज़ुक गुलाब की पंखुरियों जैसे होंठ और लम्बे खुले बालों में सफेद फूलों की लड़ी थी।

गाना तो उसने गाना अभी शुरू नही किया था पर उसके रूप ने सब पर जादू कर दिया था और दहिने गाल पर होंठों के कुछ ऊपर जो तिल था वो जैसे उसके रूप की नजर उतार रहा था। उसने गाना शुरू किया तो ऐसे लगा जैसे झरने के संगीत के साथ कोयल चहक रही हो।

गाने के बोल कुछ ऐसे थे, पहली दो लाईनें बिना संगीत साज के गायी।

मैने इस दुनिया में कोई अपना अपना पाया है

धरा गर्मों की भारी पर एक सुंदर सपना पाया है

इसके बाद संगीत के सारे साज़ बजने लगे। सब लोग ताली बजा बजा कर गाने का आनंद लेने लगे। वो गाए जा रही थी।

(1) बैठे बैठे निगाह उठी, उठ कर टकराई,

झुक गए चारों नयन, नयन पर पलक गिराई।

हो गई धड़कन तेज, बदन में कंपन छाई,

हाथ कांपने लगे रही न सुध बुध काई।

(2) उसकी जुल्फें खुली घिरे हो बादल जैसे

उसकी आंखें नील कमल हो सागर जैसे

उसकी छटा रूपहली ख्वाब उजागर जैसे

उसके नाज़ुक होंठ जाम ओ सागर जैसे

(3) उसकी बात में जादू उसकी चाल में जादू

उसकी ललित अदाओं में हर हाल में जादू

तीर निगाहों में आंचल की ढाल में जादू

खिंचता जाऊँ बिना डोर है विसाल में जादू

अब वृंदा गाना गा चुकी तो लोग खड़े होकर तालियां बजा रहे थे। यहां तक कि जज भी खड़े हो गए थे। गाना गाने के बाद अंत में उसने बड़ी विनम्रता से कहा कि यह गाना उसने स्वयं लिखा है। उससे पहले जितने भी प्रतियोगी आए थे सब ने फिल्मों के गाने गाए थे। पर वृंदा के गाने के बोल, धुन और संगीत सबसे अलग था और सबसे सुंदर उसकी मधुर आवाज और मन को हर लेने वाला सौन्दर्य।

गाना गाने के बाद वो स्टेज के पीछे आ गई और उसके कालेज के अध्यापक और सहपाठी सब वहां खड़े थे। अध्यापक ने शाबाशी दी और सहपाठियों ने हाथ मिला मिला कर बड़ी गर्म जोशी के साथ वृंदा को बधाई दी और कुछ सखियों ने तो उसे आलिंगनबद्ध कर लिया। सब बोल रहे थे कि प्रथम पुरस्कार तो उसे ही मिलने वाला है।

दूर खड़ा धनुष उसे निहार रहा था। वो मन ही मन वृंदा को बहुत चाहता था। उसी की कक्षा में पढ़ता था और क्लास में भी चोर नज़रों से उसे देखता रहता था।

मन ही मन उस पर जान छिड़कता था। दिन में अक्सर उसके ख्यालों में खोया रहता और रात को भी उसी के ख्वाब देखता। पर अभी तक अपनी भावनाएँ व्यक्त करने की हिम्मत नहीं जुटा पाया था। वो यही सोचता कि अगर उसने न कर दी तो उसकी आस ही टूट जाएगी। इसलिए वो मन ही मन उसे टूट कर चाहता था।

आज भी वो थोड़ी दूर खड़ा वृंदा को ही निहार रहा था। हाथ में सफेद फूल थे। उसका दिल कर रहा था कि वृंदा को गले से लगा कर, फूल देकर बधाई दे क्योंकि उसने सबसे अच्छा गाया था और वह किसी अप्सरा से कम नहीं लग रही थी। धनुष धीरे-धीरे आगे बढ़ा और वृंदा के बिल्कुल पीछे जा कर खड़ा हो गया। वह सोच रहा था कि बधाई देने वालों की भीड़ कम हो जाए तो वह उसे फूल देकर बधाई देगा। गर्मी के दिन थे पंखा चल रहा था। कि वृंदा

की साड़ी का आंचल पीछे की तरफ उड़ रहा था और अचानक वो धनुष के चेहरे पर आ गिरा धनुष के तो जैसे होश ही उड़ गए और एक अजीब सा नशा महसूस होने लगा। पर वृंदा जल्दी से आंचल समेटती हुई बोली "सौरी"।

धनुष बुत बना खड़ा कुछ न बोल सका जब तक के अपने आप को सभांल पाता वृंदा वहाँ से जा चुकी थी। भीड़ घटं गई थी और धुनष अकेले फूल थामे वहाँ खड़ा था। धनुष ने सोचा कि कल को जब वह मिलेगी तो बधाई दे देगा।

अगले दिन सुबह उठ कर नाश्ता आदि करने के बाद वृंदा ने अपनी सहेलियों के साथ शहर घूमने का प्रोग्राम बनाया। चारों सहेलियाँ तैयार हो कर बाहर निकलीं। सभी बहुत सुन्दर लग रही थीं। एक तो अल्हड़ उमर, दूसरी चढ़ती जवानी और यहाँ कोई रोकने टोकने वाला भी नहीं। सभी बहुत सज धज कर निकली पर वृंदा सब से अलग ही चमक रही थी।

सभी बाजार में गईं। वहाँ कुछ सामान खरीदा। किसी ने कान की बाली ली, तो दूसरी माला ले ली। कुछ न कुछ खरीद कर हँसती खेलती एक रेस्टोरैंट में चली गई। वहाँ अपनी अपनी पंसद का कुछ खा पी कर वापिस आईं तो शाम के 4 बज चुके थे उनको वहाँ के लड़कियों के होस्टल में ठहराया हुआ था।

जब वो वापिस पहुँची तो लड़कियों ने बताया कि इस कालेज के प्रोफैसर कबीर तुम्हें ढूंढ रहे थे। वो कम से कम तीन बार तुम्हारा पूछने आए। हमने बता दिया कि घूमने गई है षाम तक आ जाएगी। वृंदा सोच में पड़ गई कि क्या वो प्रोफैसर कबीर को जानती है। या कोई उनके रिश्तेदार तो नहीं। पर वो इतनी बार क्यों पूछने आए? कोई बहुत ही जरूरी काम होगा। अब उसे तो पता नहीं था कि ये प्रोफैसर कबीर कौन है और कहाँ मिलेंगे। अब तो बस उनका इन्तजार ही करना होगा। मिलेंगे तो ही पता चलेगा

कि ऐसा क्या जरूरी काम था जो इतनी बार आए। बिस्तर पर लेटी लेटी वृंदा ये सोच रही थी। दिन भर घूम कर थक गई थी खैर उसकी आँख लग गई। जब वो उठी तो शाम गहरा चुकी थी। आठ बज गए थे। तभी उसकी सहेली ने उसे उठाया और कहा कि "चल खाना खाने चलते हैं। आठ बजे गए हैं और सभी लड़कियाँ खाना खाने के लिए जा रही थी।"

दोनों सहेलियाँ उठ कर, मैस की ओर चली गई। वहाँ भी लड़कियों ने वृंदा को अच्छा गाना गाने के लिए बधाई दी। खूब शोर शराबा हो रहा था। अलग अलग कालेज की लड़कियाँ आई हुई थी। उम्र ही ऐसी थी कि शोर होना लाजमी था। जब खाना खा कर वृंदा उठी तो किसी ने उसे कहा कि बाहर प्रोफैसर कबीर वृंदा के बारे में पूछ रहे है और उसको मिलना चाहते है। वृंदा हैरान सी थी क्योंकि उसे अभी तक कुछ याद नहीं था कि वो प्रोफैसर कबीर को जानती हो। वृंदा ने हल्के नीले रंग का सूट पहना था। वो दुपट्टे को संभालती हुई उठी और बाहर की ओर चल दी।

मैस के बाहर कोरीडोर था। कौरीडोर के साथ ही लॉन थी। लॉन के इर्द गिर्द बरामदा बना हुआ था और साथ ही हॉस्टल के कमरे थे। जिनके दरवाजे बरामदे में खुलते थे। बरामदा पार करके दहिनी ओर गेट था। जिसके साथ एक तरफ गेस्ट रूम था और एक तरफ खुली लान थी। लान में चारों तरफ क्यारियों में फूल खिले हुए थे। और बीच में हरी भरी घास थी जिस पर ताज़ा ताज़ा पानी लगाया हुआ था। हल्की हल्की हवा चल रही थी जो कुछ ठण्डक दे रही थी। लान के इर्द गिर्द लाइटें लगी हुई थी जिनकी रोशनी काफी थी। वृंदा धीर धीरे लान की तरफ बढ़ रही थी। लम्बा कद, इकहरा शरीर, गोरा रंग और कमर तक खुले सुनहरी बाल। बालों में एक सफेद रंग का गुलाब लगाया लगाया हुआ था। बड़ी बड़ी कजरारी आखें। लान में प्रौफैसर कबीर को ढूंढ रही थी क्योंकि वहाँ पर कुछ और लोग भी खड़े थे।

प्रोफैसर कबीर ऐसे थे कि हजारों की भीड़ में भी अकेले दूर से नज़र आ जाएँ। 6 फूट लम्बा कद, गठा हुआ और कसा हुआ बदन, घुंघराले बाल जिनकी कुछ बेपरवाह लटें माथे पर झूल रहीं थी। गोरा कुदंन सा दमकता हुआ रंग। बहुत ही खुशमिजाज़ और जिदांदिल व्यक्तित्व। जहाँ खड़े हो जाते महफिल में जान आ जाती। जितना सुंदर लिखते थे उतना ही सुंदर गाते भी थे। सारे कालेज की लड़कियों के दिल की धड़कन थे प्रोफैसर कबीर। हर लड़की उनके साथ बात करने का बहाना ढूंढती। पर प्रोफैसर कबीर थे कि किसी लड़की को भी भाव नहीं देते। आज तक कोई भी लड़की उनके दिल की धड़कन नहीं बन सकी थी।

पर आज वो बड़ी बेसब्री से वृंदा को मिलने का इन्तज़ार कर रहे थे। क्योंकि जो गाना वृंदा ने गाया था वो गाना कभी प्रोफैसर कबीर ने लिखा था किसी बहुत ही अपने के लिए जिसका जादू उनके सिर पर चढ़ कर बोलता था। वो गाना उन्होंने किसी के साथ सांझा नहीं किया था। अभी तक किसी को भी उनके इस गाने और पहले इश्क के बारे में नहीं पाता था। बस जब भी मन बहुत उदास होता और उसकी याद की टीस उठती तो वो अकेले में बैठ कर उस गाने को गुनगुना लिया करते। फिर जो आँसू उनकी आँखों के कोनों में वो याद छोड़ जाती उन्हें धीरे से पोंछ कर दुबारा उसी ज़िंददिली के साथ लोगों में घुल-मिल जाते।

वो यह सोच सोच कर हैरान थे कि आखिर वृंदा को यह गाना मिला कहाँ से और उसने यह झूठ क्यों बोला कि यह गाना उसने स्वयं लिखा था।

तभी कबीर ने देखा था कि वृंदा उन्हें ही ढूंढ रही थी। कबीर थोड़ा आगे बढ़े और उसे आवाज लगाई, "वृंदा"

वृंदा अपना नाम किसी अजनबी से मुँह से सुन कर ठिठक गई। वो कबीर की तरफ बढ़ी और बोली।

"सर आप प्रोफैसर कबीर?"

कबीर ने हाँ में सिर हिलाया तो वृंदा बोली,

"गुड इवनिंग सर"।

कबीर ने भी उत्तर दिया तो वृंदा बोली

"सर आप मुझसे मिलना चाहते थे क्या बात है?"

कबीर एक टक उसे देखे जा रहा था। कुदरत के करिश्मे पर उसे यकीन ही नहीं आ रहा था। ये कैसे हो सकता है? किसी की शक्ल किसी से इतनी कैसे मिल सकती है? ये वृंदा नहीं ये तो उसकी तुलसी थी। वहीं नाजुक कलियों जैसे होंठ, होंठ के ऊपर दाईं तरफ काला तिल, बड़ी-बड़ी झील सी गहरी आँखें, गोरा दहकता हुआ रंग, चौड़ा माथा सुनहरी बाल, लम्बा कद और डाली की तरह लहराता हुआ नाजुक गोरा बदन। ये कैसे हो सकता है। इसी चेहरे के लिए तो लिखा था।

पंखुरियों से अधर लिए वो चंचल बाला

लाल अंगारों से भड़की हो जैसे ज्वाला,

उसके नाजुक कान, कान में सुंदर बाला,

गाल पे नज़र उतारे उसका वो तिल काला।।

पर ये कैसे हो गया। जिस शहर में वृंदा रहती है वहाँ तो कभी कबीर गया भी नहीं। फिर उसकी तुलसी 18 वर्ष बाद कैसे आ गई। ये 18 वर्ष कबीर ने एक-एक पल तुलसी की याद में बिताए हैं। कोई दिन ऐसा नहीं जब उसकी फोटो के आगे उसने सफेद गुलाब न रखा हो। खड़े होकर घंटों उससे बातें न की हों या सपनों में उसे बाहों में ले कर ना घूमा हो। वह उसकी रग रग में बसी हुई थी। कभी उससे अलग हुई ही नहीं। उसके हर दुःख में उसके साथ रोई है और हर खुशी में उसके साथ मुस्कराई है। जहाँ भी वो गया उसे अपनी परछाई में तुलसी ही दिखाई दी है।

कबीर अपने ही ख्यालों में खोया हुआ तुलसी के बारे में सोच रहा था और वृंदा की इतनी समानता कैसे उसे समझ नहीं आ रही थी।

तभी कबीर ने देखा कि वृंदा एकटक उसकी तरफ देखे जा रही है। बिल्कुल एक बुत की तरह। कबीर ने उसे बुलाया "वृंदा ओ वृंदा"

पर वृंदा ने केई उत्तर नहीं दिया बस एक टक उसे देखे जा रही थी। तब कबीर ने उसे दोनों कंधों से पकड़ कर, जरा हिला कर कहा,

'वृंदा क्या सोच रही हो",

वृंदा ने कबीर को कस कर आलिंगन में लेकर पागलों की तरह चिल्लाने लगी,

"कबीर, कबीर तुम कहाँ थे? मैं तुम्हें कब की ढूंढ रही थी।"

कबीर ने उसको संभाला पर चीख मारने के बाद वो उसकी बाहों में झूल गई और बेहोष हो गई।

सारे कैंपस में, अफरा तफरी छा गई। जल्दी से वृंदा को अस्पताल ले जाया गया। उसका चैक अप करने के बाद उसे ICU में दाखिल किया गया। उसके माँ-बाप को भी फोन कर दिया गया। दो घंटे में वो भी पहुँच गए। यहाँ पर बड़ा शहर था सो बड़े अस्पताल में उसे दाखिल कराया गया। महिर डाक्टरों की टीम उसे देख रही थी। डाक्टरों ने यही बताया कि अचानक मानसिक आघात लगा है जिससे ये बेहोष हो गई है। सुबह तक होश में आने की आस है।

वृंदा अपने माँ बाप की इकलौती संतान थी। वो भी अपने माँ बाप की शादी के 10 वर्ष बाद पैदा हुई थी। बहुत लाडली बेटी थी उनकी। माँ बाप की तो जान बसती थी अपनी बेटी में। माँ बाप सारी रात बाहर बैठे अपनी बेटी के होश में आने की प्रार्थना करते रहे। कबीर भी भगवान से यही प्रार्थना कर रहा था। अस्पताल में

कुर्सी पर बैठे-बैठे वो आज से 18 वर्ष पहले की दुनिया में चला गया।

20 वर्ष की अल्हड़ उमर, ना कोई चिन्ता ना कोई फिक्र। सारा दिन मस्ती सूझती थी। कालेज की रंगीन दुनिया थी। हम उमर लड़के लड़कियाँ सरकारी कालेज में पढ़ते थे। उफनती हुई चढ़ती जवानी में सारा दिन शोर शराबे के इलावा कुछ नहीं सूझता। इस उम्र में तो हर बच्चा सुन्दर लगता है, जवानी का जादू ही ऐसा है।

कबीर इस कालेज में बी.ए. भाग 3 में पढ़ता था। बहुत अच्छे घराने का लड़का था। उसके पिता जी फैक्टरी के मालिक थे। उनकी फैक्टरी में लोहे के नट एण्ड बोल्ट बनते थे। भगवान की दया से फैक्टरी अच्छी चलती थी। सो पैसे की कोई कमी नहीं थी। कबीर अपने माँ बाप की इकलौती औलाद थी। सो घर में प्यार भी भरपूर मिलता था। उतना ही दिखने में सुंदर था। ऊँचा लम्बा कद, कसरत करके बनाया हुआ गठा बदन और हाथी की तरह झूमती चाल। अपने दोस्तों के ग्रुप में अलग ही चमकता था। उसके पापा ने उसे अपनी कार लेके दी हुई थी सो कालेज ज्यादा कार में ही आता। कभी-कभी बाईक पर आता था। पढ़ने में भी बहुत लायक था सो सब अध्यापक भी उसे बहुत प्यार करते थे।

पढ़ाई में होशियार तो वो था ही, पर वह गाता भी बहुत अच्छा था। कभी कभी क्लास में अध्यापक भी उसे गाना सुनाने को बोलते थे। गाने के साथ साथ वो लिखता भी बहुत अच्छा था अपनी लिखी कविताओं को भी वो गाकर सुनाया करता और सब वाह-वाह करते रह जाते।

आज सोमवार का दिन था। रविवार की छुट्टी के बाद सब छात्र छात्राएं एक दूसरे को बड़ी गर्मजोशी के साथ मिलते। कबीर भी अपने दोस्तों के साथ क्लास रूम में दाखिल हुआ। सबको हैलो हाय करता हुआ अपनी सीट की तरफ बढ़ा। उसकी सीट रिजर्व थी। वह रोज उसी सीट पर बैठता अपने दोस्तों के साथ।

पर आज जब वह आगे बढ़ा तो देखा कि उसकी सीट पर एक लड़की बैठी है। बाकी बैंच खाली था। मोटी मोटी आँखें पर पलकें झुकी हुई, गुलाब के पंखुरी जैसे होंठ, चौड़े ललाट पर सफेद बिन्दिया, दाहिनी गाल पर छोटा सा गोल काला तिल, सुनहरी बिखरे हुए बाल जो कन्धों तक झूल रहे थे और गर्दन के इर्द गिर्द लिपटे थे। गोरा चांदनी में घुला हुआ चेहरा। सफेद कुर्ता और पायजामी पहने थी। उसका सफेद दुपट्टा थोड़ा ढलक कर सीने तक आ गया था और सफेद मोतिओं की माला ऊपर झूल रही थी। वो ऐसे लग रही थी जैसे श्वेताम्बरी, श्वेत परी इन्द्र देवता के दरवार से उठकर धरती पर आ गई हो। कुछ देरे के लिए तो कबीर मंत्रमुग्ध उसे देखता रहा क्योंकि पहले उसे कालेज में कभी देखा नहीं था। शायद नई कालेज में आई है। कबीर इतना उसकी सुन्दरता में खो गया कि साथी ने हिलाकर कहा "बोलो यार यह हमारी सीट है।"

कबीर बिना कुछ बोले पिछली सीट की तरफ बढ़ गया और साथ ही उसके दोनों दोस्त,

तभी क्लास में प्रोफेसर साहिब आ गये। सारी क्लास उठकर खड़ी हो गई। जब सब बैठ गए तो प्रोफेसर साहिब ने कहा

"बच्चों आज आपकी क्लास में एक नई लड़की आई है"

"बेटा उठो अपना परिचय दो"

तुलसी को प्रोफेसर साहिब ने कहा।

तभी तुलसी उठी और सब को अभिवादन करने के बाद बोली।

"हैलो फ्रैंडज, मेरा नाम तुलसी है और मैने अभी दाखिला लिया है।"

सारी क्लास ने तालियाँ बजाई और तुलसी बैठ गई।

उसके बाद सभी ने अपनी-अपनी किताबें निकालीं और प्रोफेसर साहिब ने पढ़ाना शूरू किया। सारी क्लास चुप चाप पढ़ रही थी। पर कबीर तो तुलसी के बारे में ही सोच रहा था। उसकी आँखों

के आगे उसका सादा सुन्दर चेहरा घूम रहा था। यहाँ तक किताब के हर अक्षर में उसे तुलसी का चेहरा ही नजर आ रहा था। उसे समझ नहीं आ रही थी कि क्या हो क्या रहा था? कबीर ने आँखें बंद करके, सिर बैंच पर रख लिया। तभी प्रोफेसर साहिब ने कहा।

"कबीर क्या हुआ तुम्हें? तबीयत ठीक नहीं है? या नींद आ रही है।"

कबीर एकदम उठ कर खड़ा हो गया। सारी क्लास उसकी तरफ देखने लगी। तुलसी ने भी पीछे मुड़ कर देखा। कबीर की नजर मिली तो सारी कायनात घूम गई। कबीर ने अपने आप को संभालते हुए कहा

"मेरे सिर में दर्द हो रहा है सर।"

"जाओ जाकर कोई दवाई ले लो।"

प्रोफैसर साहिब ने कहा।

कबीर ने अपनी किताबें उठाईं और बाहर आ गया। बाहर आकर वो कैंटीन की तरफ चला गया। सोचा एक कप चाय पी लेता हूँ शायद कुछ अच्छा महसूस हो! चाय आडर की। और पीठ टिकाकर कुर्सी पर बैठ गया। उसने आँखें बंद कर लीं। ज्यों ही आँखें बंद की उसे तुलसी की मोटी मोटी काजल से भरी जादूई आँखें दिखने लगीं। जो उसके साथ टकरा गई थी जब उसने मुड़कर देखा था। उसने कापी खोली अपना पैन पकड़ा और अपने आप यह लाईनें लिखने लगा।

बैठे बैठे निगाह उठी उठकर टकराई,

झुक गई चारों नयन, नयन पर पलक गिराई,

हो गई धड़कन तेज बदन में कंपन छाई,

हाथ काँपने लगे रही न सुध बुध कोई।

ये लाईनें लिखकर वो पढ़ने लगा। उसे लगा कि सचमुच उसे कोई सुध बुध नहीं रही। आखिर ये हुआ क्या है। नज़र मिली, मिलकर झुकी और सब कुछ बदल गया।

उसे पता नहीं चला कि कब लड़का उसके टेबल पर चाय रख गया था। उसने चाय उठाई पर चाय ठंड़ी हो चुकी थी। उसने दो चार घुंट पीए और उठकर चल दिया।

घंटी बज चुकी थी। कालेज का समय समाप्त हो गया सब बच्चे क्लास से बाहर आ रहे थे। उसकी क्लास के बच्चे भी आ रहे थे। उसने देखा तुलसी भी एक लड़की से बात करते करते धीरे धीरे कदम रखते चली आ रही थी। कबीर को लग रहा था कि वो पाँव जमीन पर नहीं ब्लकि उसके सीने पर रख रही है। उसके हर कदम के साथ कबीर का दिल भी ऊपर नीचे हो रहा था और ज्यों ज्यों वो पास आ रही थी उसका दिल उतना ही जोर से धड़क रहा था। उसके पास से हो कर वो आगे निकल गई और मंत्रमुग्ध कबीर भी उसके पीछे पीछे चल दिया। कबीर को कोई होश दी नहीं था। उसका बाईक वहीं कालेज स्टैंड में पड़ा था पर उसने बाईक भी नहीं उठाया बस उसके पीछे पीछे चलता रहा। आगे जा कर तुलसी बस में चढ़ गई तो कबीर भी पीछे ही बस में चढ़ गया। तुलसी की पिछली वाली सीट पर बैठ गया। जहाँ तक की टिकट तुलसी ने ली वहीं तक की कबीर ने भी ले ली। पिछली सीट पर बैठा भी वो लगातार तुलसी को ही निहारे जा रहा था।

तुलसी का स्टौपेज आ गया तो उसके पीछे ही कबीर भी उतर गया। थोड़ी दूर उसके पीछे पीछे चलता रहा। तुलसी ने जरा सा पीछे को मुड़कर देखा तो कबीर एकदम ठिठक गया ओर पीछे की तरफ मुड़ गया। थोड़ी दूर आगे जा कर उसे याद आया कि वो अपनी बाईक तो कालेज में ही छोड़कर आया है। उसने आगे जा कर एक औटो वाले को आवाज लगाई और पूछा।

"भैया जी सरकारी कालेज चलोगे।"

"जरुर चलेंगे बेटा जी" औटो वाला बोला कबीर औटो में बैठ गया तो भैया फिर बोला।

"किसी अच्छे परिवार के संस्कारी बच्चे मालुम होते हो।"

उसकी ये बात सुनकर कबीर थोड़ा सा लजा गया और सोचने लगा कि तुम्हें क्या पता कि उक लड़की के पीछे पीछे यहाँ तक आ गया। मन ही मन उसे शर्म भी आई क्योंकि वो तो ऐसा लड़का नहीं है। पर पता नहीं तुलसी की एक झलक ने उस पर क्या जादू कर दिया था।

कालेज से बाईक ले कर कबीर घर चला गया। घर में भी मन कुछ उखड़ा-2 सा था। रात को ढंग से नींद भी नहीं आ रही थी तो उसने तुलसी पर पूरी कविता लिख डाली। कैंटीन में बैठ कर तो एक पैरा ही लिखा था। अब तो 7-8 पैरे लिख डाले। जाने क्या जादू था तुलसी का जो कबीर के सर चढ़ कर बोल रहा था। अब तो बस सुबह का इन्तजार था कि कब सुबह हो और कालेज जाकर तुलसी को जी भर कर देख ले।

अगले दिन सुबह उठ कर जल्दी-2 तैयार हो कर कालेज के लिए निकल गया। क्लास में जाते ही दो दोस्तों ने गले लग कर स्वागत किया। उसके दोस्त ने उसी सीट पर बैठे थे जहाँ कल तुलसी बैठी थी। कबीर ने कहा,

"चलो पिछले वाले बैंच पर भी बैठते है।"

उसका दोस्त बोला, "क्यों? यह तो हमारी सीट है हम रोज यहीं पर बैठते हैं।"

तो कबीर बोला

"दिखता नहीं यह सीट किसी ने पहले ही रिजर्व कर रखी है।"

दोस्त बोला

"मुझे तो कोई दिखाई नहीं दे रहा ना ही किसी ने कोई किताब या कापी रखी है।"

तभी कबीर ने अपनी कमीज की जेब से तुलसी के पत्ते निकाल कर बैंच पर रख कर दिए और बोला।

"लो हो गई रिजर्व। अब समझे?" यह कह कर किताबें ले कर वो पिछली वाली बैंच पर चला गया और हँसते हुए दोस्त भी उसके साथ ही आ कर बैठ गए।

क्लास में बच्चे आ कर बैठ रहे थे पर कबीर को तो तुलसी का इन्तजार था तभी हल्के गुलाबी रंग का सूट पहने, बालों को पीछे की तरफ झटकते हुए, धीरे-धारे कदम रखते तुलसी ने क्लास में प्रवेश किया। कबीर का दिल तो खुशी के मारे उछल पड़ा। उसकी आँखों में एक अजीब सी एक चमक आ गई। कबीर को लग रहा था कि तुलसी के कदम ज़मीन पर नहीं उसके दिल पर पड़ रहे थे। उसके हर कदम के साथ उसका दिल धडकता था। तुलसी आ कर कबीर के आगे वाले बैंच पर बैठ गई। जब उसने अपनी किताबें डैस्क पर रखीं तो देखा कि कुछ पत्ते पड़े थे। वो पत्ते उठा कर फैंकने लगी तो उसने नोटिस किया कि ये तुलसी के पत्ते थे। उसने फैंकने की बजाए अपनी किताब में रख लिए और इधर उधर देखने लगी। वो समझ गई थी कि किसी ने शरारत की है। उसने पीछे मुड़कर देखा तो बड़े अदब से छाती पर हाथ रखकर कबीर ने सिर झुका लिया। तुलसी तो जैसे लाज से पानी-पानी हो गई। सारा समय उसका पढ़ाई में ध्यान नहीं लग रहा था। उसे लग रहा था कि कबीर की नजरें, उसकी पीठ पर गढ़ी हुई है। जैसे तैसे क्लास समाप्त हुई।

तुलसी नई-नई इस कालेज में आई थी। इसलिए वह अधिक विधार्थियों को नहीं जानती थी। बस रंजू रोज उसके साथ बैठती थी उसके साथ ही उसकी दोस्ती हो गई। क्लास समाप्त होने के बाद दोनों कैंनटीन की तरफ चल पड़ीं। तुलसी थोड़ी सी घबराई हुई थी और वह रंजू के साथ बात करना चाहती थी। नई-नई दोस्ती थी सो पता नहीं था कि रंजू उसके बारे में क्या सोचेगी? सो वो कुछ झिझक रही थी। फिर भी हिम्मत करके उसने रंजू से पूछा

"रंजू वो जो हमारे पीछे बैठता है लड़का मुझे कुछ अच्छा नहीं लगता।"

"किसकी बात कर रही है अतुल, रोहन और कबीर तीनों हमारे पीछे वाले बैंच पर बैठे थे।" रंजू ने कहा।

"अरे वो गोरा सा जिसने नीले रंग की कमीज पहनी हुई है।"

"कौन कबीर? अरे वो कालेज का सब से अच्छा लड़का है। सारे कालेज की लड़कियों का क्रश है। पर वो किसी को घास नहीं डालता। बहुत किस्मत वाली होगी जिसको पसंद करेगा।" रंजू ने जवाब दिया।

इतना सुनकर तुलसी चुप कर गई। रंजू ने फिर पूछा।

"क्यों कोई बात हुई तेरी कबीर के साथ।"

"नहीं नहीं कुछ नहीं वैसे ही पूछ रही थी क्योंकि वो तीनों रोज हमारे पीछे ही बैठते है।" तुलसी बोली।

"कहीं तेरा दिल भी उस पर तो नहीं आ गया?" रंजू ने हंस कर पूछा। "अरे हट ऐसी भी कोई बात नहीं।" तुलसी बोली।

ऐसी बाते करती करती वो कैंटीन की तरफ जा रही थी। उनको नहीं पता था कि पीछे पीछे कबीर भी अपने दोस्तों के साथ आ रहा था। तभी तुलसी का पैर उखड़ा और उसके हाथ से किताबें नीचे गिर गई। अभी वो संभल के उठने ही लगी थी कि पीछे से कबीर ने लपक कर उसकी किताबें उठा दीं और तुलसी को पकड़ते हुए बोला।

"लीजिए, जरा ध्यान से चला करो।" तुलसी ने झट से उसके हाथ से अपनी किताबें लीं और Thanks बोलकर तेज तेज कदमों से सामने कैंटीन में घुस गई।

कैंटीन का सैट अब कुछ ऐसा था कि एक बड़ा हाल बना हुआ था जिसमें खुला कांऊटर था और पीछे रसोई। हाल के एक तरफ शीशे की partition की गई थी और वो हिस्सा सिर्फ लड़कियों के

लिए था। उसके एक तरफ वॉश बेसिन था। उसके ऊपर शीशा लगा था। बाकी मेज़ कुर्सियाँ लगी हुई थी। हर लड़की वॉश बेसिन में हाथ धो कर शीशा देखती अपने बाल ठीक करती फिर किसी मेज पर आ कर बैठ जाती। तुलसी भी हाथ धो कर अपनी सहेली के साथ एक मेज़ पर बैठ गई। तभी रंजू ने पूछा "समोसा खाएगी? यहां के समोसे बहुत स्वाद होते हैं।"

चल मंगवा ले, साथ में चाय भी वैसे एक बात बताऊं" तुलसी ने कहा तो रंजू ने हाँ में सिर हिलाया

"I just love tea मुझे चाय बहुत अच्छी लगती है सो चाय तो पीएंगे ही।"

रंजू हंस पड़ी और उठ कर चाय समोसे का आर्डर दे कर आ गई।" खा पी कर दोनों सहेलियाँ क्लास में चली गईं। क्लास समाप्त होने के बाद तुलसी बस में बैठकर अपने घर को चल पड़ी। बस से जब उतरी तो उसने देखा कबीर सड़क के साथ गली में अपने बाईक पर बैठा था जैसे उसी का इन्तज़ार कर रहा हो। तुलसी उसे देख कर थोड़ा घबरा गयी तुलसी ने कबीर को अनदेखा करने की कोशिश की पर दिल तो जोर जोर से धड़क रहा था। यह सिलसिला कुछ दिन यूँ ही चलता रहा। रोज़ कबीर गली के उसी मोड़ पर खड़ा होता और जब तक उसे तुलसी दिखती रहती उसे निहारता रहता। जब वह अपने घर की गली को मुड़ जाती तो वह भी अपने घर चला जाता।

तुलसी भी कोई बच्ची नहीं थीं। वो भी समझती थी कि कोई लड़का किसी लड़की का पीछा क्यों करता है? पर रंजू की बातें उसे रह रह कर याद आती कि कबीर बड़ा ही अच्छा लड़का है। सब लड़कियाँ उस पर मरती हैं पर वह किसी को घास नहीं डालता।

वैसे कबीर का व्यक्तित्व था ही ऐसा लम्बा कद, गठा हुआ बदन, चौड़ी छाती, जैसे कसरत कर के शरीर बनाया हो। मोटी

आँखें भरे भरे गुलाबी होंठ, चौड़ा माथा जिस पर कुछ आवारा लटें झूलती रहती। कपड़े पहनने का सलीका भी ऐसा कि हर कोई मुड़ कर देखता, महीना भर कपड़े नहीं दोहराता। सदा अपने दोस्तों में मगन रहता। पढ़ाई में बहुत होशियार सबकी सहायता करने को सदा तैयार रहता। अध्यापकों का भी चहेता था और सहपाठियों का भी। लड़कियाँ बहाने बहाने से उसके साथ बात करती। बातें तो सबसे कर लेता था। पर कभी किसी लड़की में उसे विशेष दिलचस्पी नहीं रही थी। या यूँ कह लो कि कोई लड़की अभी तक उसके दिल पर दस्तक नहीं दे पाई थी। पर तुलसी ने पता नहीं क्या जादू कर दिया था कि उसे दिन रात बस उसी के विचार आते। वह उसके बारे में ही सोचता रहता। उसे देख कर कबीर को अजीब सा सकून मिलता उसका दिल करता कि वो सारा दिन उसकी आँखों के सामने ही रहे। अब वो उसकी सुन्दरता पर कविता लिखता। बार बार उस कविता को पढ़ता यहाँ तक कि कई बार अपनी माँ के हाथ से लोटा लेकर तुलसी को पानी भी खुद डालता और तुलसी के पत्तों को सहलाता। उसके साथ बातें करता। उसे लगता कि तुलसी सुन रही है। और माँ सोचती कि बेटा बड़ा धार्मिक विचारों वाला हो रहा कि तुलसी को पानी भी खुद डालता है।

ऐसे ही दिन निकलते गए और कबीर को तुलसी के साथ अपने मन की बात सांझा करने का कोई मौका नहीं मिला या यूँ कह लो कि हिम्मत भी नहीं हुई। सर्दियों के दिन आ गए। दिसम्बर का महीना था। कल से कालेज में छुट्टियाँ हो रही थी। कबीर ने सोचा कि अभी तो रोज़ तुलसी को देख लेता था पर अब तो 10 दिन कैसे कटेंगे। उसने सोचा कि उसे तुलसी के साथ बात कर ही लेनी चाहिए। क्लास से बाहर निकल कर बरामदे में आया तो देखा कि आज तुलसी अकेली ही जा रही थी। तुलसी ने पीले रंग का सूट पहना था और ऊपर गहरे भूरे रंग का लम्बा कोट पहना हुआ था। गले में झूलती माला काले मोतियों की थी। खुले बाल और कानों

में झूलती बालियाँ। तुलसी अपनी धुन में जा रही थी कि हिम्मत करके कबीर ने आवाज लगाई

"तुलसी, सुनो।"

अपना नाम सुन कर तुलसी ठिठक सी गई। उसने पीछे मुड़ कर देखा तो कबीर उसकी तरफ ही आ रहा था।

अब तक तो तुलसी भी समझ चुकी थी कि कबीर के दिल में उसके लिए कुछ है क्योंकि जिस प्रकार कबीर हर जगह उसका पीछा करता था अब तो सहपाठियों में भी खुसर फुसर होने लगी थी। कभी कभी कोई मनचला उसके पास से कबीर का नाम ले कर निकल जाता। तुलसी को यह सब बातें बहुत परेशान करती थीं पर वो कर कुछ नहीं कर सकती थी। वो चाहती थी कि कबीर को पूछे कि वो ऐसे क्यों करता है पर उसके अंदर का डर तुलसी को बात ही नहीं करने देता था। पर आज जब कबीर ने उसका नाम ले कर आवाज लगाई तो उसका दिल धक से रह गया। वो एकदम से घबरा गई पर रूक कर पीछे मुड़ के बोली,

"हाँ क्या बात है?"

"चलो कैंटीन में चल कर एक कप चाय पीते हैं और बात भी कर लेते हैं।"

तुलसी का दिल किया कि उसे मना कर दे। पर एकदम से ख्याल आया कि बात कर लेनी उचित है। और इस किस्से को यहीं समाप्त कर दें। तुलसी ने सिर हिला कर धीरे से स्वीकृती देते हुए कहा " Ok"

कबीर की तो बाछें खिल गई। उसका दिल ज़ोर ज़ोर से धड़कने लगा। वो जिसके सपने रात दिन देखता है और जिसकी एक झलक पाने को मन सदा लालयत रहता है वो उसके साथ बात करने जा रहा है। किताबों को हाथ में संभालते हुए वह धीरे-धीरे तुलसी के साथ चल पड़ा। तुलसी भी धीरे-धीरे चल रही थी। जैसे उसके कदम

पड़ते उसके गले की माला इधर उधर झूल रही थी जैसे पर्वतों से झरना अठखेलियाँ करता हुआ बह रहा हो। बरामदे से कैंटीन तक का रास्ता जैसे मीलों लम्बा हो गया हो। दोनों चलते जा रहे थे और कबीर कनखियों से चोरी चोरी उसे देख भी रहा था और मन ही मन खुश भी हो रहा था। कैंटीन पंहुच कर दोनों एक टेबल पर बैठ गए। क्योंकि लड़कियों के केबिन में लड़कों का जाना वर्जित था। तभी कैंटीन का लड़का कबीर के पास आया और बोला।

"भैया क्या लाऊँ?"

"दो कप चाय" और तुलसी की तरफ देख कर कबीर बोला

"कुछ खाओगे क्या?"

तुलसी ने ना में सिर हिला दिया। और बोली,

"नहीं चाय काफी है।"

ठीक है बोलते हुए कबीर ने लड़के को दो कप चाय लाने को बोल दिया। अब दोनों के मन में उथल पुथल चल रही थी। दोनों चुप करके बैठे थे। कबीर अपने बाईक की चाबी को मेज पर घुमाए जा रहा था और मेज के नीचे पैर भी हिलाए जा रहा था। घबराई हुई तुलसी भी थी वह बार बार अपनी उंगली में पड़ी अंगूठी निकाल रही थी और फिर पहन लेती। इतने में लड़का चाय ले कर आ गया पर दोनों मौन बैठे थे। घबराए हुए और कुछ सकुचाए हुए। बस बीच बीच में कभी कभी नज़रे टकरा जाती तो कबीर के तो जैसे होश ही उड़ जाते कबीर ने कहा,

"चाय पी लो।"

तुलसी ने चुपचाप कप उठाया और चाय पीने लगी। चाय समाप्त हो गई पर बात कुछ भी न हो पाई। लड़का खाली कप उठाने आया तो कबीर बोला,

"दो कप चाय और ले आओ।"

ऐसे करते करते चार कप चाय अन्दर चले गए पर बात बाहर नहीं आई। जब चौथा कप चाय का समाप्त हुआ तो तुलसी बोली

"अच्छा अब में चलती हूँ, चाय तो बहुत पी ली।

कबीर घबरा कर बोला,

"नहीं, रूको ज़रा, और चाय नहीं मंगवाता, बस एक बात कहनी है। जो कहने की हिम्मत नहीं हो रही। सच बताऊँ मैंने आज तक किसी से कहीं भी नहीं। सिर्फ तुमसे कहना, चाहता हूँ।"

तुलसी जो अब कुर्सी से उठकर खड़ी हो चुकी थी बोली,

"हाँ बताओ।"

तुलसी सहज होने की कोशिश कर रही थी जबकि अन्दर उसके भी तुफान ही उठा हुआ था। कबीर ने जल्दी से उसका हाथ पकड़ कर बोला, "तुलसी I Love You"

"तुलसी इसके लिए बिलकुल भी तैयार नहीं थी। वह इतनी घबरा गई कि उसके हाथ से अंगूठी फिसल कर मेज़ के नीचे गिर गई। तुलसी बिना कुछ जवाब दिए झट से टेबल के नीचे अपनी अंगूठी लेने के लिए झूकी उधर से कबीर भी मेज़ के नीचे अंगूठी उठाने के लिए झुका। जैसे ही दोनों अंगूठी उठाने लगे दोनों के हाथ टकरा गए। कबीर ने अंगूठी उठा कर मेज पर रख दी। तुलसी ने झट से अंगूठी उठा कर पहन ली और बोली।

"मेरी तो सगाई हो चुकी है।"

इतना कह कर तुलसी तो वहाँ से भाग गई पर कबीर के लिए सारी कायनात ही घूम गई। कबीर कुछ देर अपनी कुहनियाँ मेज़ पर टिकाए, हाथों में सिर ले कर बैठा रहा। उसे लगा जैसे उसके ख्यालों के महल किसी ने एक पल में ही गिरा दिए। उसका दिल कर रहा था कि वह उड़ कर अपने घर पहुँच जाए और अपनी माँ के आँचल में छुप कर एक बच्चे की तरह रोए जिसका सबसे प्रिय खिलौना किसी ने तोड़ दिया हो।

कबीर बड़े भारी मन से वहाँ से उठा और घर की ओर चल दिया। घर गया तो माँ ने दरवाजा खोला। उसने कस कर माँ को पकड़ लिया और बाहों में भर लिया। आँखों में कुछ आँसू तैर आए थे जो माँ के पल्लु से ही साफ कर लिए और बोला

"माँ तुम बहुत अच्छी हो।"

माँ के गले लग कर अपने मन के तुफान को शांत करने की कोशिश कर रहा था। माँ उसके सिर पर हाथ फेरते हुए बोली

"चल मेरा बेटा आ कर खाना खा ले।"

"नहीं माँ आज कैंटीन में कुछ खा लिया था। भूख नहीं है। मैं अपने कमरे में जा रहा हूँ।"

इतना कह कर माँ की प्रतिक्रिया देखे बगैर ही वह सीढ़ियाँ चढ़ गया और अपने कमरे में चला गया। कमरे में वह अकेला नहीं गया था बल्कि अपने दिल में एक तूफान भर कर ले गया था। अपने बैड पर बैठ कर वह जी भर कर रोया। सोच रहा था कि आज तक उसे कोई लड़की अच्छी नहीं लगी थी। कम से कम इतनी अच्छी तो कभी नहीं लगी जितनी तुलसी लगी थी। फिर भगवान ये क्या हो गया? तुलसी की इतनी छोटी उम्र में ही सगाई क्यों हो गई। ये सब वो जितना समझने की कोशिश करता उतना ही उलझता जा रहा था। इसी उधेड़ बुन में उसे कब नींद आ गई पता ही नहीं चला। सपने में भी वो परेशानी में एक जंगल में घूमता रहा जिससे निकलने का रास्ता उसे नहीं मिल रहा था। जाग तब खुली जब माँ ने आकर दरवाजा खटखटाया। कबीर हड़बड़ा कर उठा। उसे पता नहीं चल रहा था कि सुबह हुई कि शाम हो गई है जबकि बाहर धुंधलका सा हो गया था। सार्दियों का मौसम था और अंधेरा भी जल्दी हो जाता था। उसने उठ कर दरवाजा खोला तो बाहर माँ खड़ी थी। हाथ में चाय का कप था। माँ बोली,

"बेटा तेरी तबीयत तो ठीक है। आज चार बजे चाय भी नहीं मांगी और शाम को घूमने जाता वो भी नहीं गया। कहीं बुखार तो नहीं।"

कहते हुए माँ ने कबीर का माथा सहलाया। माँ के हाथ के स्पर्श में भी इक अजीब जादू है। सारी पीड़ा हर लेता है। कबीर को भी माँ का स्पर्श बहुत अच्छा लगा जैसे किसी ने ज़ख्म पर मरहम रख दी हो। माँ के हाथ से चाय ले कर बैड के पास पड़े मेज़ पर रख दी और माँ को आलिंगन में लेता हुआ बोला,

"ओ मेरी प्यारी माँ मुझे कुछ नहीं हुआ। बस पता नहीं चला कि कब आँख लग गई। थोड़ा सिर में दर्द था वो आपके छूने भर से ठीक हो गया और अब माँ के हाथ की गर्म गर्म अदरक वाली चाय पीकर तो मैं बिलकुल ठीक हो जाऊँगा।" और साथ ही माँ की गाल पर एक चुम्बन छोड़ दिया। माँ ने प्यार से अपने लाल की तरफ देखा और बोला

"चाय पीकर नीचे आ जा। तुम्हारे पापा भी आने वाले होंगे।"

चाय पीते पीते कबीर माँ को जाते हुए देख रहा था। और सोच रहा था कि माँ को क्या पता बेटा अपने दिल में कौन सा और कितना बड़ा तूफान ले कर बैठा है। पहली बार जवानी की दहलीज को महसूस किया था और पहली बार ही किसी ने मेरे दिल के दरवाजे पर दस्तक दी थी। पहली बार मन में प्रेम के कोमल पौधे की एक हल्की सी कूंबल निकली थी कि किसी ने बेरहमी से उसे उखाड़ दिया। आज तक तो पता नहीं था कि प्रेम किस चिड़िया का नाम है। कई बार उसे लड़कियों की तरफ से प्रेम आवेदन भी आए। पर उसने कभी कभी स्वीकारा ही नहीं और न ही किसी के बारे में वो भावना आई जो तुलसी को पहली बार ही देखने से आई थी। तुलसी ने जब पहली बार उसकी तरफ मुड़ कर देखा था तो उसका दिल ही निकाल कर ले गई थी। उसने आपने आप पर नियंत्रण पाने की बहुत कोशिश की थी पर दिल था कि उसकी तरफ अपने

आप खिंचा चला जाता था। आज कल वो जो भी लिखता था बस तुलसी के लिए ही लिखता था। उठते बैठते, सोते जागते बस उसी का चेहरा आँखों के सामने रहता और उसकी मोटी मोटी कजरारी आँखें सदा उसका पीछा करतीं। वो कुछ भी कर रहा होता तो उसे लगता कि तुलसी देख रही है। उसकी आँखों के सामने उसका चेहरा घूम रहा था और कबीर सोच रहा था कि भगवान किसी को इतना सुन्दर और मोहक कैसे बना देता है। यूं ही उसने कागज और पैन उठाया तो तुलसी के रूप पर ही उसने फिर चार लाईने लिख दीं।

हंस कर कर ले बात

खुदा भी हो जाए काफिर,

ईमान फरिश्ते खो दें

देख ले एक नज़र भर

पल में कर दे कत्ल

ऐसीं हैं नज़रें कातिल

उसका खुदा ही वाली

मेहरबान होवे जिस पर।

लिखने के बाद वो फिर पढ़ने लगा। और उसे लगा कि उसने तुलसी के बारे में कितना सच लिखा है। सच में कितना किस्मत वाला होगा जिसके साथ उसकी सगई हुई है। शायद पत्र भी लिखता होगा और तुलसी के सौंदर्य पर तो पता नहीं क्या कुछ लिखता होगा। तभी उसे ख्याल आया कि माँ उसे नीचे आने को बोल गई थी। उसने जल्दी जल्दी अपनी कापी में वो कागज और पैन अपनी मेज पर रखा और कपड़े बदल कर नीचे चला गया।

नीचे आ कर देखा माँ रसोई में व्यस्त थी। वो बरामदे में चला गया। सामने खुला लॉन था। जिसके मध्य में संगमरमर का ऊँचा चबूतरा था जिस पर तुलसी का गमला था और तुलसी खूब फैली

हुई थी। कबीर लॉन में तुलसी के पास चला गया। वो तुलसी के साथ ही बातें करने लगा।

"देखो मेरी तुलसी वो मुझे धोखा दे गई। किसी और की हो गई और मुझे पूछा ही नहीं। आज सच में मेरा मन बहुत बेचैन है। शुरू होने से पहले ही सब समाप्त हो गया। तुम मुझे बताओ मेरे साथ ऐसा क्यों हुआ? जिंदगी में पहली बार मुझे कोई इतना अच्छा और आकर्षक लगा था। मैंने तो सोचा भी नहीं था कि कोई बीस वर्ष की आयू में सगाई भी करा लेगा। है ना अजीब बात। अब तुम भी तो तुलसी हो। तुम्हारे साथ मैं अपने मन की बात कर सकता हूँ। तुम्हें छू सकता हूँ, अपनी ख़ुशी अपना दर्द तुम्हारे साथ सांझा कर सकता हूँ और तू कभी मूझे छोड़ कर भी नहीं जाएगी"।

इतने में माँ हाथ में दीया ले कर आ गई। रोज शाम को तुलसी पर वो दिया जलाया करती थी। कबीर को वहाँ खड़ा देख कर माँ हैरान हो गई और बोली।

"बेटा यहाँ क्यों खड़े हो। मैं तुलसी पर दीया जला देती हूँ। तुम भी अन्दर आ जाओ। ठण्ड बढ़ रही है और लगता है कि तुम्हारे पापा भी आ गए।

छुट्टियाँ बीत रही थीं। कबीर भी माँ बाप के साथ अपना दुःख भूलने की कोशिश करता। दिन का काफी समय पढ़ाई में बिता देता और जब खाली समय होता तो अपने पापा के पास फैक्टरी में चला जाता था। ऐसे ही छुट्टियाँ बीत रहीं थीं। पर दिल में एक दर्द की टीस थी वो नहीं जा रही थी। जब कभी भी अकेला बैठता तो तुलसी जैसे उसके पास आ कर बैठ जाती और वह उससे ढेर सारी बाते करता और कितने ही प्रश्न पूछता। तुलसी ने उसके दिल में घर कर लिया था। हर समय वह तुलसी की उपस्थिति महसूस करता। जब उसे तुलसी की अधिक याद आती तो तुलसी के पौधे के पास जाकर अपने मन की बातें बोल देता। उसके दिल को एक अजीब सा सकून मिलता।

एक दिन कबीर अपनी पढ़ाई का काम समाप्त करके तैयार हो कर नीचे लाबी में आया तो माँ सामने बैठी थी। माँ ने कबीर को बुलाया और कहा, "बेटा मेरा एक काम करोगे?"

"क्या माँ?" कबीर ने पूछा"

"जरा लक्ष्मी जवैलरस के यहाँ जाना है मेरी एक चेन उनके पास बनी पड़ी है वे ला देगा। मेरा थोड़ा सिर मे दर्द है। बाजार जाने का मन नहीं हो रहा।" माँ ने सिर पकड़ते हुए कहा " माँ कल को ले आना। मैं तो अपने दोस्तों के साथ घूमने जा रहा हूँ। आ कर देख लूंगा अगर समय पर आ गया तो" कबीर ने कहा और चल पड़ा। माँ ने उठ कर उसका हाथ पकड़ लिया और बोली,

"मेरा राजा बेटा, ना नहीं बोलते प्लीज जा कर चेन ला दो मुझे आज ही चाहिए। दोस्तों के साथ फिर घूम लेना"

"माँ हमने कल का ही प्रोग्राम बनाया हुआ था। झील पर जाना था। बाईक पर आधा घण्टा लगता है। मुझे जाने देा।" कबीर बोला।

माँ ने जैसे तैसे कबीर को मना लिया। और कबीर भी अनमना सा हाँ में सिर हिला कर चल पड़ा। आज ठण्ड काफी थी ऊपर से सूरज भी नहीं निकला था। कबीर ने हल्के नीले रंग की जीन और गहरे नीले रंग की जैकेट पहनी थी। बालों की कुछ मनचली लटें उसके चैड़े माथे पर झूल रही थीं। गोरा रंग और लाल दहकते हुए गाल। माँ का भी दिल किया कि एक बार अपने लाडले की नज़र उतार दूँ।

"अच्छा माँ मैं चलता हूँ। अभी आपकी चेन ले कर आता हूँ।" कह कर हाथ हिला कर कबीर घर से निकल पड़ा।

लक्ष्मी ज्वैलरज़ का मालिक कबीर के पापा के अच्छे दोस्त थे। सो कोई भी गहना बनवाना होता तो उसकी माँ वहीं से बनवाती। वैसे भी शहर की बड़ी दुकानों में गिनी जाती थी।

कबीर ज्वैलरी के शोरूम में पहुँच गया। अपनी बाईक खड़ी करके वह अन्दर चला गया। शोरूम काफी बड़ा था। काऊटर पर आठ दस सेल्समैन थे। कबीर सीधा मालिक के पास गया। जो सामने ही बैठा हुआ था। उसके पाँव छूकर बोला,

"अंकल ममी ने चेन मंगवाई है"।

"बैठ बेटा कुछ चाय आदि पी लो चेन तैयार है मैं मंगवा देता हूँ।"

कह कर मालिक ने उसे बिठा लिया। कबीर के लिए चाय बिस्कुट मंगवा लिए। कबीर वहाँ अनमाना सा बैठा था। चाय का कप हाथ में लेकर वो खड़ा हो गया। उसने देखा सामने एक सोफे पर तुलसी बैठी थी। कबीर ने अपने सिर पर हल्की सी चपत लगाते हुए कहा,

"यहाँ भी मुझे तुलसी ही दिखाई दे रही है। अजीब पागलपन है।"

कह कर उसने मुँह दूसरी तरफ मोड़ लिया। फिर उससे रहा नहीं गया और दुबारा सिर घुमा कर देखा तो लगा कि सच में तुलसी वहाँ बैठी है और उसके साथ उसकी हम उम्र लड़की बैठी हुई थी। चाय का कप वहीं रख कर वह उनकी ओर बढ़ा और पास जाकर बोला,

"हैलो तुलसी।"

तुलसी जो गहने देखने में व्यस्त थी सिर घुमा कर देखा कि सामने कबीर खड़ा था। थोड़े लजा कर बोली, " हैलो, कबीर, कैसे हो?"

"मैं अच्छा हूँ और तुम यहाँ कैसे?"

कबीर ने पूछा

"बस गहने पसंद करने आए थे। शादी की शॉपिंग कर रहे है।"
तुलसी की शादी का सुन कर एक बार तो कबीर को धक्का लगा।
थोड़ा सभल कर बोला

"तुम्हारी शादी कब है।"

"इसकी शादी? अरे भई इसकी नहीं मेरी शादी है। ये अभी
बहुत छोटी है। अभी तो पढ़ाई भी पूरी नहीं हुई। मैं इसकी बड़ी
बहिन हूँ। मेरी शादी है और उसी की शॉपिंग कर रहे हैं?" तुलसी
की बहिन ने उत्तर दिया।

कबीर की हिम्मत तो नहीं हो रही थी फिर भी उसने पूछ ही
लिया,

"तो तुम्हारी सगाई तो हो गई होगी।"

तुलसी की बहिन फिर हंस पड़ी,

"अरे भाई नहीं...... अभी इस झल्ली की सगाई कहाँ। हमारे
घर में लड़कियों की पढ़ाई को बहुत महत्व देते हैं। मैं भी अपनी
पढ़ाई पूरी करके कॉलेज में पढ़ा रही हूँ। तब मेरी शादी हो रही है।
तुम भी आना।"

और तुलसी की तरफ देख कर बोली,

"अरे बुलाना इसे भी।"

बातो बातों में कबीर ने बता दिया था कि वो तुलसी की क्लास
में ही पढ़ता था। तुलसी की बहिन की ओर हाथ बढ़ा कर बोला,

"मैं कबीर, मैं तुलसी का क्लास मेट हूँ"

"मैं माया, तुलसी की बड़ी बहिन और एस.डी. कालेज में
प्रोफैसर हूँ।"

कहते हुए माया ने कबीर के साथ हाथ मिलाया।

तुलसी की बहिन की बातें सुन कर कबीर इतना खुश हुआ कि उसका दिल कर रहा था कि वहीं नाचने लग जाए। उसके मन मस्तिष्क में उसे ढोल नगाडे बजने की आवाज सुन रही थी। उन दोनों को बाय बोल कर वह जल्दी से बाहर जाने के लिए मुड़ा तो अन्दर से आवाज़ आई।

"बेटा अपनी ममी की चेन तो लेते जाओ। ये आज कल के बच्चे भी बडे अजीब हैं जिस काम के लिए आया वही भूल गया।" दुकान के मालिक ने कहा।

कबीर जो बाहर निकलने ही वाला था एकदम से मुड़ा और उनके हाथ से चेन की डिब्बी ली, पाँव छूए और नाचते हुए बाहर निकल आया।

घर से वह बडे बुझे मन से आया था क्योंकि दोस्तों के साथ झील पर जाने का प्रोग्राम रद्द करना पड़ा था। पर अब वो इतना खुश था उसे लग रहा था कि उसका बाईक भी सड़क पर नहीं चल रहा बस हवा में तैर रहा है। घर पहुंचा तो माँ लाबी में सोफे पर बैठी उसी का इन्तज़ार कर रही थी। कबीर नाचते हुए कदमों से अन्दर आया। माँ के हाथ में चेन की डिब्बी रखते हुए कबीर ने माँ को बाँहों में भर लिया और बोला,

"माँ तुम बहुत अच्छी हो।"

थोड़ी आवाज़ ऊंची करके फिर बोला।

"I Just Love You"

माँ धीरे से अपने बेटे का माथा सहला कर उसके बालों में हाथ फेरते हुए बोली,

मेरा राजा बेटा, तू भी बहुत अच्छा है और माँ भी तुमसे बहुत प्यार करती है। "मेरी तो आँखों का तारा है तू। तुझे देख देख कर तो मैं जीती हूँ।"

कबीर ने धीरे से माँ की गोद में सिर रख दिया। इतने में कबीर के पापा भी आ गए। बेटे को माँ की गोद में सर रखके लेटा देख कर बोले,

"सारा प्यार माँ पर ही लुटा दोगे कि कुछ इस बाप के लिए भी रखोगे।"

माँ बेटा एक दूसरे के साथ इतने मग्न थे कि उन्हें अपने पापा के आने का पता ही नहीं चला था। कबीर एक दम से उठा और पापा के पैर छू कर उनके गले लग गया। पापा ने भी उसे कस कर सीने से लगा लिया।

जब तक नौकर चाय लेकर आ गया और कबीर और उसके माँ बाप हँसते और बातें करते करते चाय पीने लगे।

कबीर के माता पिता अपने कमरे में चले गए क्योंकि उसके पापा ने कपड़े बदलने थे। कबीर वहाँ से उठा और बरामदे में आकर कुर्सी पर बैठ गया।

ठण्ड का मौसम था और शाम गहरा गई थी। धुंध भी पड़ी हुई थी और गली में जल रही स्ट्रीट लाईट्स भी कॉफ़ी धुंधली सी दिखाई दे रही थी। सामने उसके घर की खुली लॉन थी। बीचों बीच हरे हरे घास के ऊपर ओस मोतिओं सी चमक रही थी। लॉन के चारों तरफ क्यारियाँ थीं जिनमें रंग बिरंगे फूल अपनी छटा बिखेर रहे थे। सामने बाईं और छोटी सी पहाड़ी नुमा बना कर एक फव्वारा लगा था जिसका पानी झरने की तरह बह रहा था और उसमें से निकलने वाली रौशनी रंग बदल रही थी। उसके बाजू में एक सुन्दर सा झूला पड़ा था जिस पर तीन कुशन पड़े थे। एक फूलों की बेल उस झूले के ऊपर भी इतरा रही थी। लॉन के बीचों बीच एक पाँच छः फुट ऊँचा पोल था जिस पर एक बड़ी लाईट जल रही थी। उसके नीचे ही एक छोटा सा चबूतरा बना था जिसके ऊपर एक तुलसी का भरा हुआ गमला पड़ा था। जिसके पास एक दिया जल रहा था जो शायद कबीर की माँ शाम को जला कर गई होगी।

कबीर एक टक तुलसी को देख रहा था। मन के भावों पर काबू पाना भी मुश्किल लग रहा था। वह इतना खुश था कि उसे पता नहीं लग रहा था कि वह किस के साथ अपनी खुशी सांझी करे। वह धीरे से उठा और तुलसी के गमले के पास चला गया और उसी से बातें करने लगा।

"देखो तुलसी मैं जितना उदास होकर तेरे पास आया था आज उतना ही खुश होकर आया हूँ। यह सारी तेरी ही कृपा है। तुम्हें पता है मेरी तुलसी अब सिर्फ मेरी है। उसे मेरी बनना होगा। वो शायद उसने मज़ाक किया था। उसके मज़ाक से मेरी तो जान ही निकल गयी थी। उस दिन मुझे तू भी उदास लग रही थी। पर आज दीए की रौशनी में कैसे मुस्करा रही हो। शाम का समय है और तुम्हें हाथ नहीं लगाना, नहीं तो बाहों में भर लेता सच में मेरी तुलसी भी बहुत अच्छी है, नाज़ुक है, भोली सी है। जब भी समय आएगा तो तुमसे जरूर मिलवाऊँगा।

अन्दर से माँ की आवाज सुनकर कबीर की तंत्रा टूटी और वह बोला,

"आया माँ, अभी आया।" इतना कह कर वह जल्दी जल्दी अन्दर चला गया। उसे पता ही नहीं चला कि वो कितनी देर ठण्ड में खड़ा तुलसी से तुलसी के बारे ही बातें करता रहा। अन्दर जा कर देखा तो खाना मेज़ पर लगा हुआ था और उसके माता पिता उसी की प्रतीक्षा कर रहे थे।

ऐसे ही छुट्टियाँ बीतती गई। कबीर कई बार उस दुकान के चक्कर यह सोच कर लगा चुका था कि शायद कभी फिर तुलसी से मुलाकात हो जाए। कई बार वो जान बूझ कर उसके घर के सामने से भी गुजरता कि शायद कभी तुलसी की झलक दिख जाए पर तुलसी उसे कहीं भी दिखाई नहीं दी।

इसी तरह छुट्टियाँ बीत गई और कालेज फिर से खुल गया। कबीर जब पहले दिन कालेज गया तो उसकी नज़रें तुलसी को ही ढूंढ रही थी। पर तुलसी उसे कहीं दिखाई नहीं दी। ऐसे ही अनमना सा वो क्लास में चला गया। उसका ध्यान दरवाजे पर ही लगा हुआ था। हर आने वाले विधार्थी को देख रहा था। इतनी छुट्टियों के बाद कालेज खुला था सो सब बच्चे बड़ी गर्म जोशी से एक दूसरे को मिल रहे थे। कबीर के पास आकर उसे भी आंलिगंन बद्व होकर मिल रहे थे पर उसकी नज़रें तो तुलसी को ही ढूंढ रही थी।

तभी प्रथम पीरीयड की घंटी बज गई। जो बच्चे बाहर खडे थे वो जल्दी जल्दी क्लास में प्रवेश करने लगे। कबीर को लगा कि तुलसी तो आई नहीं सो क्लास में मन नहीं लगेगा वह जल्दी से उठ कर बाहर जाने लगा। वह जल्दी जल्दी दरवाजे से बाहर निकलने लगा कि अचानक किसी से टकरा गया क्योंकि कक्षा के अन्दर भी बच्चे जल्दी जल्दी आ रहे थे। टकराने से दोनों के हाथ से किताबें छूट गई। वह सौरी कह कर झुक कर किताबें उठाने लगा जब नज़र उठा कर देखा तो सामने तुलसी ज़मीन पर से अपनी किताबें उठा रही थी। तुलसी को देख कर तो जैसे उसके होश ही उड़ गए। गुलाबी टाप और काली जींस पहने गोरे गोरे संगमरमर जैसे हाथों से वह अपनी किताबें उठा रही थी और खुले बाल उसके चेहरे पर झूल रहे थे। बीच में दो मोटी काजल से भरी आँखें हल्की सी शिकायत से कबीर को देख रही थी।

"सौरी सौरी तुलसी मैंने देखा नहीं अचानक टकरा गया। लाओ मैं तुम्हारी किताबें उठा देता हूँ।" बड़ी हिम्मत करके कबीर बोला।

अपनी किताबें उठा कर उनको झाड़ती हुई तुलसी बोली।

"कोई नहीं, Its ok"

फिर दोनों क्लास में चले गए। वहीं तुलसी उसके आगे वाले बैंच पर बैठी थी। कबीर तो उसकी पीठ ही निहारे जा रहा था। क्लास में टीचर ने बच्चों को हंस कर अभिवादन किया। फिर पूछा छुट्टियाँ कैसे बीती और बाद में पढ़ाना शुरु किया। कबीर तो तुलसी के बारे में ही सोच रहा था। वह सोच रहा था कि उसे कैसे बुलाए। इसी बात की कबीर को बहुत सन्तुष्टि थी कि तुलसी की सगाई नहीं हुई। इसलिए अब उसं तुलसी अपनी अपनी लगने लगी थी। उसकी हर अदा पर कबीर को प्यार आता था। पहले उसे तुलसी पराई लगती थी पर अब तो अपनी अपनी लगती थी। बहाने बहाने से कबीर तुलसी को बुला लिया करता था। कौशिश करता कि लम्बी से लम्बी बात हो। जितनी देर बात करता बड़ी प्यार भरी दृष्टि से उसे देखता रहता।

अब तो कुछ कुछ तुलसी को भी एहसास हो गया था कि कबीर उससे कितना प्यार करता था। चाहे उसके दिल पर भी कबीर के प्यार की दस्तक पड़ चुकी थी फिर भी वह उसके सामने अनजान बनी रहती थी। अब दोनों खुल कर और बिना किसी हिचक के एक दूसरे को बुला लेते थे। ऐसे ही एक दिन बात करते करते कबीर ने तुलसी से कहा,

"सुन, तुलसी, कल कॉफ़ी पीने चले" तुलसी उसकी तरफ देखने लगी।

कबीर फिर बोला,

"तूने जवाब नहीं दिया, कल कॉफ़ी पीने चले"

"कहाँ" तुलसी ने ज़रा रूक कर पूछा।

"ग्रैंड कॉफ़ी हाऊस, बहुत अच्छा है और वहाँ की कॉफ़ी भी बहुत ही अच्छी होती है।"

कह कर वह तुलसी के उत्तर की प्रतीक्षा करने लगा।

तुलसी चुप चाप खड़ी रही। कुछ सोच रही थी पर बोली कुछ नहीं। "तूने जवाब नहीं दिया कबीर ने फिर पूछा।"

"अरे तुलसी जवाब नहीं दिया। सच बोलता हूँ वहाँ पर कॉफ़ी बहुत अच्छी होती है"

तुलसी ने 'हूँ' में जवाब दिया। तो कबीर झट से बोला,

"ठीक है अब तूने हाँ कह दी तो कल छुट्टी है। कल शाम चार बजे तुम ग्रैंड कॉफ़ी हाऊस पहुंच जाना, मैं इन्तजार करूँगा।"

इससे पहले कि तुलसी कुछ कह पाती कबीर जल्दी से वहाँ से निकल गया। उसे डर था कि कहीं तुलसी ना न कर दे।

तुलसी को कॉफ़ी का निमन्त्रण दे कर कबीर ने अपना बाईक लिया और घर को चल पड़ा। ऐसे लग रहा था जैसे बाईक सड़क पर नहीं चला रहा, हवा में उड़ रहा था। धीरे धीरे वह गुनगुना रहा था

"किसी को पता ना चले बात का कि है कल को वादा मुलाकात के ऐसे ही वो घर पहुंच गया। घर पर भी ज़मीन पर पैर नहीं लग रहे थे। बार बार वह अपनी हिम्मत की प्रशंसा कर रहा था कि उसने तुलसी को मुलाकात के लिए बुला लिया। उसे लग रहा था कि चारों तरफ हवा में संगीत बज रहा है और वह हवा में तैर रहा है। उसकी खुशी का कोई ठिकाना नहीं था। यह उम्र ही ऐसी होती है। छोटी छोटी बातें आसमान में पहुंचा देती है। हल्की सी आशा से ही मन हवा में किले बनाने शुरु कर देता। जिनके ढह जाने से मन बेहद निराश भी हो जाता है।

अब कबीर का तो दिन नही बीत रहा था। शाम के चार बज रहे थे। वह अपने कमरे में बैठा चाय पी रहा था। साथ साथ सोच रहा था कि कल इसी समय वह तुलसी के साथ होगा। तुलसी को कितने करीब से देखेगा वह और उसकी तुलसी .... दोनों अकेले होंगे।

रात का समय था। खाना खाने के बाद कबीर अपने कमरे में सोने के लिए आ गया पर नींद तो जैसे पंख लगा कर उड़ गई थी। वह बिस्तर पर पड़ा करवटें बदल रहा था। वह सोचने लगा कि कल वह तुलसी से क्या क्या बातें करेगा। उसने सोचा कि वो कहेगा,

"तुलसी में इस पल का कब से इन्तजार कर रहा था कि कब तुम मुझे अकेले में मिलो और मैं तुम्हें बता सकूँ कि तुम दुनिया की सब से खूबसूरत लड़की हो। ऐसे खूबसूरती की तो मैंने सपनों में भी कल्पना नहीं की थी। तुम किसी भी कवि की परि कल्पना से ऊपर हो और कोई भी लेखक तेरी सुन्दरता का वर्णन अपनी कलम से नही कर सकता। ऐसा कोई फूल नहीं जिसके साथ मैं तेरी तुलना कर सकूँ। तुम्हारा ख्याल आते ही मैं हवा में तैरने लगता हूँ। मेरे पैर जैसे ज़मीन पर नहीं रहते। मेरे इर्द गिर्द मधुर संगीत बजने लगता है और तुम्हारी जुल्फे उड़ उड़ कर मेरे चेहरे को ढक लेती है। और उनकी खुशबू मुझे मदहोश कर देती है। फिर चारों तरफ एक ही चेहरा दिखाई देता है और एक ही नाम हवा में गूंजता है।

"तुलसी.................तुलसी ....तुलसी..............."

जब उसके सपनों की तंत्रा टूटी तो वो उठ कर खड़ा हा गया। सर्दियों के दिन थे। बहुत ठंड थी। फिर भी उसने पर्दा हटा कर अपनी आँगन की तरफ खिड़की खोली। ठंडी हवा उसके चेहरे से टकराई, उसे सकून सा मिला। वह बाहर झांकने लगा। सामने बीचो बीच तुलसी माता लाल गोटे का दुपट्टा ओढ़े जैसे आराम से सो रही थी। साथ ही घी का दीपक जल रहा था जो उसकी माँ हर रोज सुबह शाम तुलसी पर जलाया करती थी।

कबीर सोच रहा था कि मेरी तुलसी भी ऐसे ही शांत अपने बिस्तर में सो रही होगी। जुल्फों की कुछ लटें चांद जैसे चेहरे पर बिखरी होंगी और वह शांन्ति और सकून की नींद ले रही होगी। क्या उसे भी कभी मेरे सपने आते होंगे? क्या वो भी मेरे बारे सोचती होगी? अगर नहीं भी सोचती होगी तो मैं उसे सोचने पर

मजबूर कर दूँगा। कल को मैं उसका हाथ पकड़ कर, प्यार से उसकी आँखों में झांक कर अपने मन की सारी बातें कह दूंगा। अपने अन्दर का सारा प्यार उस पर न्योछावर कर दूंगा। मेरे प्यार के आगे उसे झुकना ही पड़ेगा। वैसे भी ऐसा दीवाना उसे और कहीं नहीं मिलेगा। मिलन के यह पल सोच सोच कर उसका मन आनदिंत हो रहा था और वह तुलसी के प्यार में उतनी ही गहराई में डूबता चला जा रहा था। ऐसे ही बहुत देर तक वह इसी तरह बिस्तर में पड़ा पड़ा सोचता रह और कब नींद आ गई पता भी नहीं चला।

उधर तुलसी का हाल भी ऐसा ही था। चाहे उसने कभी कबीर पर यह प्रकट नहीं होने दिया था कि उसे भी कबीर अच्छा लगता है, अपनी भावनाओं पर उसका पूरा नियन्त्रण था फिर भी दिल के अन्दर चल रहे उतार चढ़ाव पर उसका कोई जोर नहीं था। उसे अभी तक यह समझ नहीं आ रहा था कि उसने क्या सोच कर कबीर को कॉफ़ी के लिए हाँ कह दी। वह सोच रही थी कि उसे ना कर देनी चाहिए थी। यह इतनी बेचैनी से तो बच जाती। उसे समझ नहीं आ रही थी कि कबीर उसके साथ क्या बात करेगा। कबीर को वह कितनी अच्छी लगती थी, इस बात का पूरा एहसास था उसे। जब कभी भी कबीर से उसकी नज़र टकराती तो कबीर की आँखों में से होती हुई उसके दिल की भावनाएँ तुलसी तक पहुंच जाती थी। तुलसी जान बूझ कर अनजान बन जाती। कबीर की आँखों की वेदना और विनय उसे भी अच्छी लगती थी। कबीर की आँखों में उसके लिए हमेशा अथाह प्रेम और प्रशंसा के भाव तुलसी को साफ दिखाई देते थे। कबीर का तुलसी की तरफ झुकाव अब तो क्लास के बाकी बच्चे भी महसूस कर रहे थे। पर तुलसी की तरफ से अभी तक कबीर को कोई भी संकेत नहीं मिला था। पर कॉफ़ी के लिए हाँ कर देना भी कोई छोटी बात नहीं थी । तुलसी का भी अपने मन पर जोर नहीं चला जो अचानक उसके मुँह से हाँ निकल गई और दुबारा वो न नहीं कह सकी। मन की इसी उठा पटक में तुलसी को कब नींद आ गई उसे पता ही नहीं चला।

सुबह हो गई। वो दिन आ गया जब शायद दोनों अपने अपने मन की भावनाएं व्यक्त कर देते। कबीर पहले तो सोच रहा था कि क्या पहन के जाऊँ। पता नहीं तुलसी को कौन सा रंग पसंद हो। कभी वो नीले रंग के कपड़े निकाल कर देखता, कभी भूरे, कभी काले। पर समझ कुछ नहीं आ रहा था। मन इतना बेचैन था कि उसे कुछ अच्छा नहीं लग रहा था। दिल करता था कब चार बजे और कब और अपनी तुलसी के आगे अपना दिल खोल कर रख दे। उसने सोचा कि वह फूलों का गुलदस्ता अवश्य ले जाएगा। लड़कियों को फूल पसंद होते हैं, ऐसा उसने सुना था। बार बार वह शीशे सामने खड़े हो कर देखता कि वह तुलसी के साथ कैसे बात करेगा। कभी उसे कोई शब्द सही नहीं लगता तो कभी अपने खड़े होने का तरीका सही नहीं लगता। वो कभी बाँए तो कभी दाँए तरफ खड़े होकर देखता। कभी झुक कर जैसे हाथ में फूल लेकर खड़ा हो ऐसे देखता कभी सोचता कि मैं उसका हाथ पकड़ कर दिल की सारी बातें खोल कर उसके सामने रख दूँगा। तुलसी के गोरे कोमल हाथ के स्पर्श के एहसास मात्र से उसके सारे शरीर में एक लहर सी दौड़ गई। उसके माथे पर पसीने की कुछ बूंदे आ गई। कबीर सोच रहा था कि अगर कल्पना मात्र से उसका यह हाल है। जब वो सच में तुलसी के सामने होगा तो उसका क्या हाल होगा। उसने सोचा कि वहाँ पर और लोग भी बैठे होंगे। वह कैसे सहज हो कर तुलसी से बात कर सकेगा और हो सकता है कि तुलसी भी सहज महसूस न करे। उसके मन में एक विचार उठा तो उसने ग्रैंड कॉफ़ी हाऊस को फोन मिलाया आगे से फोन पर किसी ने "हैलो" बोला तो कबीर बोला।

"मैं कबीर बोल रहा हूँ मुझे शाम के चार बजे की बुकिंग चाहिए।"

"कितने टेबल की" आगे से आवाज आई

"पूरे कॉफ़ी हाऊस की बुकिंग करवानी है। एक घंटे के लिए।" कबीर बोला।

"पूरे कॉफ़ी हाऊस की?" हैरान हो कर पूछा

"'हाँ जी पूरे कॉफ़ी हाऊस की, 4 बजे से 5 बजे तक। आप अपने पैसे बताईए। कितने लगेंगे।" कबीर ने पूछा।

" पाँच हजार रूपए" आगे से आवाज आई ठीक है, आप एक घंटे के लिए कॉफ़ी हाऊस कबीर के नाम पर बुक कर दी जीए। मैं पूरे 4 बजे पहुंच जाऊँगा। अगर आपको पैसे एडवाँस चाहिए तो बता दीजीए।'' कबीर ने कहा।

"नहीं एडवाँस की जरूरत नहीं आप बस चार बजे पहुंच जाएँ। अगर आप लेट हो जाते है तो आपकी बुकिंग कैंसल हो जाएगी," आगे से आवाज आई

"नहीं नहीं मैं लेट नहीं हूँगा। आप बुकिंग कर दीजीए। कह कर कबीर ने फोन रख दिया।

यह 90 के दशक की बात है। तब मोबाइल फोन नहीं होते थे। इतनी महंगाई भी नहीं थी बस 5000 रुः में बुकिंग हो गई थी पर उन दिनों 5000 रुः की कीमत आज के 50,000 रुः के बराबर ही थी। कबीर एक समपन्न परिवार का इकलौता बेटा था। उसके पास पैसे की कभी कमी नहीं रहती थी। उसके माँ बाप उससे बहुत ही प्यार करते थे। उसके पापा ने उसे कभी किसी भी चीज के लिए मना नहीं किया था। वो जितने पैसे मांगता उसे मिल जाते। कभी किसी ने नहीं पूछा था कि क्या करने हैं। आखिर इतनी बड़ी फैक्टरी के मालिक का इकलौता बेटा था। जितना दिखने में सुंदर था उतना ही उसकी आदतें भी अच्छी थीं। घर वालों को कभी लगा ही नहीं कि उनका बेटा कभी कुछ गलत कर सकता है। इसीलिए आज उसने 5000 रुः देकर एक घंटे के लिए कॉफ़ी हाऊस बुक किया था।

अब उसे लग रहा था कि वो तुलसी के साथ आराम से बात कर सकेगा। वहाँ कोई नहीं होगा तो कोई हिचक भी नहीं होगी। वैसे भी यह भी डर रहना था कि कोई जान पहचान वाला न देख ले। अब मन ही मन कबीर का कुछ निश्चिंत हो गया। थोड़ा तो सकून मिल गया था पर अभी भी यह तय नहीं कर पाया था कि वह तुलसी से बात कैसे करेगा। क्या उसे उसका हाथ पकड़ना चाहिए कि नहीं। कहीं वो गुस्सा न हो जाए? पर रात में बैठ कर उसके लिए जो कविता लिखी थी वो अवश्य उसे देगा। पर वह उसे यह अवश्य बताएगा कि उसे वह कितनी सुन्दर लगती है। विशेष कर उसके बाल और उसकी हिरणी जैसी चाल। कैसे जब वह जाती है तो वह उसे पीछे से निहारता रहता है। जब वह बाल लहराती है तो इक अजीब सा नशा सा होता है और उसके बालों से उढ़ती हुई खुशबु उसे मदहोश सी करती चाल को तो क्या कहना .... एक एक कदम जैसे कबीर के दिल पर पड़ता है। फिर वह सोचने लगा कि कोई इतना सुंदर कैसे हो सकता है और कालेज में सैंकड़ों लड़कियाँ है पर कोई एक दिल में कैसे उतर गई............ पता नहीं चला।

उधर तुलसी भी इसी हाल में थी। ज्यों ज्यों शाम का समय पास आ रहा था उसकी बेचैनी बढ़ रही थी। वो डर भी रही थी कि कहीं घर में किसी को शक न हो जाए। घर में यू ही कहा था कि वह सहेलियों के साथ कॉफ़ी पीने जा रही है। 2 बजे से वह कपड़े चुनने में लगी थी अलमारी में से निकाल निकाल कर कपड़े बिस्तर पर फैलाए जा रही थी। कभी सूट निकाल कर देखती तो कभी जीन्स और टाप। पर उसे खुद ही कुछ पसंद नहीं आ रहा था। वो सोच रही थी कि कबीर उसे किस पोशाक में देखना पसंद करेगा, सूट या जीन्स इतने कपड़े निकाल कर वो थोड़ा झल्ला गई थी। तभी उसने अलमारी का दूसरा पट खोला तो वहाँ उसकी साड़ियाँ लटक रही थी। उसने सोचा साड़ी पहनती हूँ। जीन्स और सूट में तो वो कालेज जाती है। कबीर ने उसे साड़ी में कभी नहीं देखा। आज साड़ी पहन के जाती हूँ और देखती हूँ कि उसकी आँखों में जो मेरे

प्रति भाव दिखते हैं वो जबान पर कैसे लाता है। अभी वो सोच ही रही थी कि उसकी बहिन कमरे में आ गई और बोली,

"बाप रे............. ये क्या कबाड़ बना दिया तूने कमरे को। इतने कपडे क्यों फैला कर रखे हैं?"

"अच्छा हुआ तू आ गई। अब बता मैं कॉफ़ी पीने क्या पहन के जाऊँ?"

तुलसी ने अपनी बहन से पूछा।

"अरे कॉफ़ी पीने ही जाना है कुछ भी पहन जाओ, सबसे सुंदर तो तू ही लगेगी। यह मेरा वादा है।" बहन ने कहा

"मज़ाक मत कर। सच में .... बता ना" तुलसी ने कहा।

"देख सूट और जीन्स तू रोज पहनती ही है, आज साड़ी पहन ले। सच्ची साड़ी में तू बहुत ही सुंदर दिखती है" बहन ने सलाह दी।

बहन ने तो जैसे तुलसी के दिल की बात कह दी थी। उसका खुद का मन था कि वो साड़ी पहने क्योंकि कबीर ने उसे कभी साड़ी में नहीं देखा था और सब कहते है कि साड़ी उस पर बहुत ही फबती है। पर फिर भी उसने बहन से कहा,

"चल तू बोलती है तो पहन लेती हूँ वैसे साड़ी पहनने का झंझट बहुत है। तू मेरी मदद कर दे। मैं अभी नहा के आई।" यह कहते हुए तुलसी बाथरूम में चली गई। थोड़ी ही देर में तुलसी नहा कर पैटीकोट, ब्लाऊज और गाऊन पहन कर आ गई। वह शीशे के सामने बैठकर बालों में कंघी करने लगी। फिर उसने अपनी मैक अप किट निकाली पहले हल्की सी कोल्ड क्रीम लगा कर फाऊँडेशन क्रीम लगाई फिर हल्का सा पाऊडर और गालों पर रुज लगाया। काजल से आँखें सवार ली। मैरून रंग की साड़ी से मेल खाती लिपस्टिक लगाई। छोटी सी काली बिन्दी लगाई। गले में बारीक मोतिओं की काली माला पहनी और कानों में भी काले रंग

की बालियाँ झूम रही थी। बालों की कुछ लटें माथे पर अपना हक जमाए हुए थी जबकि खुले बाल बादलों की तरह कंधों से नीचे तक लहरा रहे थे। बीच में चमकता चांद सा चेहरा।

अब तुलसी ने खड़ी हो कर अपनी बहन की तरफ मुंह किया और बोली

"माया दी मेरे साड़ी बाँध दो।"

माया ने जब तुलसी की ओर देखा तो देखती रह गई। उसने हाँ में सिर हिलाया और मैरून रंग की प्लेन साड़ी उठा कर तुलसी के पास आ गई। दोनों बहनें साड़ी बाँधने लगी। लगभग आधा घंटा लगाकर दोनों ने साड़ी बाँध कर सैट कर ली रति जैसा रूप ले कर तुलसी अब तैयार थी और माया से बोली,

"माया दी अब मैं चलती हूँ। चार बजने वाले हैं लगता थोड़ी लेट हो जाऊँगी" कहते कहते उसने मैरून रंग का छोटा पर्स अलमारी में से निकाला और अपने रूप और यौवन को समेटती हुई टिप टिप करती बाहर निकल गई। बाहर जाकर रिक्शा में बैठ गई।

इधर कबीर 20 मिनट पहले ही ग्रैंड कॉफ़ी हाऊस पहुंच गया। वहाँ जाकर उसने मैनेजर से बात की। उसको 5000 रुः दिए और कहा कि 4 से 5 बजे तक पूरा कॉफ़ी हाऊस बुक है मैनेजर ने पूछा

"सर कोई पार्टी करनी है।"

"हाँ बस ऐसे ही समझो" कबीर ने उत्तर दिया।

"जितने लोग होंगे?" मैनेजर ने फिर पूछा।

"अरे यार जितने भी हों मैने तुम्हें पूरे पैसे दे दिए" कह कर कबीर एक टेबल पर बैठ गया और इशारे से एक वेटर को बुला कर समझाने लगा। कबीर उसको बतलाए जा रहा था और वो हाँ में सिर हिलाए जा रहा था। ऐसे ही बातों बातों में 4 बज गए। कबीर के दिल की धड़कनें तेज होने लगी। वह मन ही मन सोच रहा था कि

तुलसी से क्या बातें करेगा। वो किस कुर्सी पर बैठेगा। उसने कोने वाला टेबल चुना वो मैनेजर के काउंटर से कॉफ़ी दूर था। कॉफ़ी हाऊस में भीनी भीनी रोशनी जल रही थी। नीले रंग की हल्की रोशनी की घटा चारों और बिखरी थी। हल्की हल्की सुगन्ध आ रही थी और धीमा धीमा संगीत भी चल रका था। माहौल बिल्कुल वैसा था जैसा कबीर चाहता था बहुत ही रोमांटिक, शांत और मनभावना। 5 मिनट ऊपर हो गए थे पर अभी तुलसी नहीं आई थी। एक एक पल कबीर को भारी पड़ रहा था। साथ साथ वो यह फैसला नहीं कर पा रहा था कि वो उसके साथ क्या बात करेगा।

उसका मन अधीर हो रहा था। वह कॉफ़ी हाऊस के दरवाजे की तरफ मुंह करके ही बैठा था तांकि जब तुलसी आए तो उसे पता चल जाए। कॉफ़ी हाऊस के बाहर 'बुकड' लिखा हुआ था तांकि कोई और अन्दर ना आए। रात से जो वो मन ही मन बोल बोल कर देख रहा था उसे याद कर रहा था। सोच रहा था कि साथ वाली कुर्सी पर तुलसी को बिठा कर वह उसका हाथ पकड़ कर उसे बताएगा तुलसी उसके लिए क्या है? कैसे उसके दिलों दिमाग पर उसके रूप और सौंदर्य ने कब्जा किया हुआ है। उसके सिवा वह कुछ सोच नहीं पा रहा। उसके बात और उसकी चाल............जिसे देखने के लिए कई बार वह उसके पीछे पीछे कई दूर तक चलता रहता है। उसे देख देख कर ही तो कबीर को नशा सा होता रहता है।

वह अपनी सोच में डूबा हुआ था कि कॉफ़ी हाऊस का दरवाजा खुला। जैसे ही तुलसी ने दरवाजा खोला। ऊपर से गुलाब की कुछ पत्तियाँ उसके ऊपर गिरी। और वह वह अपनी नाजुक उंगलियों से अपने बालों को झाड़ती हुई अंदर आई। कबीर उठ कर कुर्सी से खड़ा हो गया। जैसे ही उसने तुलसी को देखा उसके तो होश ही उड़ गए। मैरून रंग की साड़ी में लिपटी हुई अप्सरा, साड़ी में से गोरा बदन छन छन के दिख रहा था। बीच में नाभि दर्शन हो रहे थे। पतली शिफॉन की साड़ी में उसका हर अंग आकर्षित लग रहा था। गले

में पतली सी माला ऐसे लग रही थी जैसे कोई काला पतला सर्प कुण्डली मारे पूरे यौवन की रक्षा कर रहा हो। ऊपर काले घटाओं जैसे बाल जिनमें चांद की तरह चेहरा चमक रहा था। मोटी मोटी कज़रारी आँखें, पतली सी नाक, गुलाबी होंठ और सब की नज़र उतारता हुआ दाईं गाल का काला तिल था।

तुलसी ने थोड़ा इधर उधर देखा तो मैनेजर ने कोने वाली मेज़ की तरफ इशारा किया तुलसी ने देखा कबीर वहाँ खड़ा उसे ही निहार रहा था। वह धीरे धीरे चलती हुई कबीर के पास पहुंच गई और बोली

"हैलो कबीर"

कबीर मंत्र मुग्ध उसे देखता रहा और कोई जवाब नही दिया। तुलसी ने फिर कहा,

"हैलो कबीर" मैं आ गई।

कबीर हड़बड़ा गया जैसे कोई स्वप्न देख रहा हो और साथ वाली कुर्सी निकालते हुए बोला

"हैलो, हैलो तुलसी, यहाँ पर बैठो प्लीज।"

तुलसी धीरे से अपना पल्लू समेटती हुई उसी कुर्सी पर बैठ गई।

कबीर इधर उधर देखने लगा। वो सब बातें उसने रात भर बोल बोल कर रटी थी........ सब भूल गया। शीशे के सामने खड़े हो कर जो डायलोग बोल बोल कर देखे थे एक दम साफ हो गए। वो सोचता था कि एक घंटे में तो उसकी बातें समाप्त नहीं होगी। पर अभी तो एक बात भी नहीं सूझ रही। वह इसी उधेड़ बुन था कि वेटर फूलों का गुलदस्ता मेज़ पर रख गया क्योंकि जो जो कबीर ने वेटर को समझाया था वो वैसे वैसे ही कर रहा था। पहले दरवाजे पर से फूल की पंखुड़ियाँ गिराई, अब वो फूलों का गुलदस्ता लेकर आ गया था।

कबीर सोच रहा था कि तुलसी सादा सा सूट पहन कर आ जाती। मैं तो तब भी उसके सौंदर्य में डूब जाता। ये क्या कयामत लग रही है। इतनी सुंदर बन कर क्यों आई है? मेरी तो बोलती बंद हो गई। मैं तो जैसे तुझ में ही डूब गया तुलसी। मुझे कोई बाहर निकालो तांकि में कोई बात कर सकूँ। अपने दिल की तेज़ हुई धड़कने सुना सकूं।

"ये साड़ी पहन कर तो आफत बन कर क्यों आ गई यार।"

कबीर मुँह में ही फुसफुसाया।

"'कुछ कहा कबीर" तुलसी ने पूछा।

"नहीं नहीं कुछ नहीं? बस यह ही पूछना था कि क्या लोगी।" कबीर ने कहा।

कबीर को इतनी भी होश नहीं रही कि वो फूलों का गुलदस्ता तुलसी को दे। जबकि उसने सोचा था कि जब वो तुलसी को फूल देगा तो अपने दिल की बातें खोल कर रख देगा। पर यह क्या हो गया उसे वो तो जैसे बर्फ की तरह जम गया था। वह न कुछ सोच पा रहा था और न ही कुछ बोल पा रहा था। बस यही सोच रहा था कि

"तुलसी तुम इतनी इतनी सुंदर क्यों हो? तुम्हारा यह रूप तो न कभी मैंने देखा और न ही कभी कल्पना की थी। तेरे सौंदर्य और लावण्य ने मेरे पर और दिलों दिमाग पर ताला लगा दिया। क्या तुम मेरे प्रेम प्रस्ताव को स्वीकार करोगी? क्या मेरा प्रेम भरा दिल मैं तुम्हें सौंप दूँ? संभाल कर रखना। अभी मैं बोलने की हालत में नहीं हूँ पर कभी अवश्य कहूँगा। शायद मेरा हाल देख कर तुम खुद ही समझ जाओगी कि मेरे मन में तुम्हारे लिए क्या है।"

कबीर अपने ही विचारों में खोया हुआ था तभी वेटर की आवाज से उसकी तंत्रा टूटी जब वेटर दो कप कॉफ़ी के मेज़ पर रखते हुए बोला,

"साहिब कॉफ़ी लाया हूँ "

"ठीक है।" कह कर कबीर एक कप कॉफ़ी का तुलसी की और सरकाता हुआ बोला

"तुलसी ये लो कॉफ़ी"

तुलसी ने हाँ में सिर हिलाया और प्लेट सहित कप अपनी तरफ खिसका लिया जैसे कबीर ने समझाया था, कॉफ़ी के ऊपर क्रीम के साथ दिल बनाया हुआ था। तुलसी लगातार कबीर की तरफ देख रही थी कि कब वो कुछ बोलेगा। क्योंकि तुलसी को लग रहा था कि शायद कबीर उसकी इतनी प्रशंसा करेगा कि उससे संभाल नहीं पाएगी। पर कबीर तो कुछ बोल ही नहीं रहा था।

तभी कबीर तुलसी की तरफ देखकर बोला

"तुलसी तुम्हारी बिन्दी।"

"क्या हुआ बिन्दी को, अच्छी नहीं लग रही है" तुलसी ने कहा

"नहीं थोड़ी टेड़ी लगी है।" कबीर ने कहा तुलसी ने बिन्दी हिला कर ठीक करने की कोशिश की तो कबीर ने इशारे से कहा कि थोड़ी दाईं तरफ कर ले, फिर थोड़ा बाईं और इशारा किया। जबकि तुलसी का दिल कह रहा था कि कबीर उसकी बिन्दी उतार कर खुद ठीक कर दे। पर कबीर दाएं बाएं इशारे करता रहा तो तुलसी ने चिढ़ कर बिंदी उतार कर फैंक दी और बोली,

"अब कुछ कहना है?"

"नहीं नहीं कुछ नहीं" कबीर बोला तब तक कॉफ़ी भी समाप्त हो चुकी थी। साड़ी का पल्लू समेटती हुई तुलसी उठकर खड़ी हो गई और बोली,

'अच्छा अब मैं चलती हूँ।"

"अरे रूको थोड़ा और अभी क्यों जा रही हो" कबीर ने उसे रोकने की कोशिश की।

"क्यों? कुछ कहना है क्या?" थोड़ा मेज़ पर झुक कर, कबीर की आँखों में आँखे डाल कर तुलसी ने पुछा। कबीर थोड़ा घबरा गया क्योंकि उसने सोचा नहीं था कि तुलसी उससे ऐसे भी पूछ सकती है। उसने सिर्फ घबरा कर 'ना' में सिर हिलाया।

"ठीक है 'कह कर, घुम कर बाल ऊपर को घुमा कर वह चल पड़ी। और जैसे ही उसने अपने बाल झटकाए तो उसकी कुछ जुल्फें कबीर के चेहरे को चूमती हुई निकल गई। कबीर के तो जैसे होश ही उड़ गए। क्योंकि यह उसकी कल्पना से बाहर था। इससे पहले कि कबीर को पूरी तरह होश आता साड़ी का पल्लू हवा में लहराती हुई और बालों को लहराती हुई तुलसी कॉफ़ी हाऊस से बाहर निकल गई। कबीर झट से उठा और कांऊटर पर पैसे देने के बाद वह भी झट से कॉफ़ी हाऊस से बाहर आया तांकि वह तुलसी को रोक सके। पर जब वह बाहर आया तो तुलसी रिक्शा में बैठी थी और और उसकी रिक्शा धीरे धीरे कबीर की आँखों से ओझल हो गई। बड़े बुझे हुए मन से उसने अपनी कार का दरवाज़ा खोला और बैठने लगा कि वेटर ने आवाज़ लगाई,

"सर, ये आपके फूल तो रह गए।"

कह कर उसने फूलों का गुलदस्ता जो कबीर ने तुलसी को देने के लिए मंगवाया था, पकड़ा दिया और चला गया। झल्ला कर कबीर ने फूल साथ वाली सीट पर रख कर सिर पकड़ लिया? उसको बहुत अफसोस हो रहा था कि जो जो वह सोच कर गया था उसमें से एक बात भी वह तुलसी से नहीं कह पाया। कुछ भी नहीं बोल सका। जैसे मेरे मुंह को ताला लग गया हो। इतना अच्छा अवसर था। मैं और तुलसी दोनों अकेले, कोई आस पास नहीं। बस उसकी सुन्दरता को निहारता रहा। दिल की बात दिल में ही रह गई। अधिक दुःख तो यह सोच कर हो रहा था कि तुलसी मेरे बारे क्या सोच रही होगी। वो तो यही सोचती होगी न कि मैं उसे प्यार ही नहीं करता। अगर करता होता तो कुछ तो बोलता। "उल्टा उसे

नाराज़ कर दिया, उसकी बिंदी में कमी निकाल कर। कैसे समझाऊँ कि कुछ सूझ ही नहीं रहा था तो बस बिंदी दिखाई दी, उसकी ही बात कर डाली।"

कबीर की सोच की तंत्रा तब टूटी जब पीछे वाली गाड़ी ने हौर्न बजाया क्योंकि ट्रैफिक लाईट कब की हरी हो चुकी थी और वह अपनी सोच में डुबा वहीं खड़ा था। हडबड़ा कर उसने गाड़ी स्ट्राट की और चल पड़ा। रास्ते में जाते जाते उसने फूल खिड़की से बाहर फैंक दिए क्योंकि अगर घर वाले फूलों के बारे पूछते तो वो क्या उत्तर देता। ऐसे ही सोचते सोचते वो घर पहुंच गया। थोड़ा थोड़ा अन्धेरा हो चला था। उसकी माँ अन्दर लॉबी में बैठी थी और कुक रसोई में खाना बना रहा था। माँ बाहर बैठी बैठी उसको भी निर्देश दे रही थी। तभी कबीर को आता देख वो बोली,

"बेटा आ गए।"

"हाँ माँ आ गया।" कह कर कबीर सीढ़ीयाँ चढ़ने लगा तो माँ ने फिर पूछा,

"चाय पीनी तो भेजूँ",

"नहीं माँ मैं दोस्तों के साथ कॉफ़ी पीकर आया हूँ" कबीर बोला

ठीक है कर माँ चुप कर गई और कबीर अपने कमरे में चला गया। गाड़ी की चाबी मेज़ पर रख कर वह धड़ाम से बिस्तर पर गिर गया। पीड़ा, दुःख अफसोस और पछतावे से मन भरा हुआ था। उसकी आँखों में नमी थी। जिन बातों को कहने के वो सपने देखता था, जो बातें रात दिन दिमाग में घूमती रहती थी। उनमें से एक बात भी नहीं कह पाया। अब तो यही सोच रहा था कि तुलसी उसके बारे में क्या सोच रही होगी। तभी उठ कर वह खिड़की में खड़ा हो गया तो देखा कि आंगन में तुलसी चुपचाप लाल दुपट्टा ओढ़े खड़ी थी और आगे घी का दीपक जल रहा था। वह सोचने लगा कि इस तुलसी के सामने तो वो दिल खोल कर रख देता है। शायद इसलिए कि ये तुलसी कुछ बोलती नहीं।

कबीर के दिल की बेचैनी दूर नहीं हो रही थी। वो बाथरूम में नहाने चला गया नहा कर उसे काफी तरोताज़ा लग रहा था सोच सोच में कितना समय निकल गया पता ही नहीं चला। तभी उसकी माँ की आवाज आई,

"कबीर बेटा आ जाओ, खाने का समय हो गया और तुम्हारे पापा भी आ गए।"

कबीर जो अब नहा धोकर कुछ तरो-ताज़ा महसूस कर रहा था सीढ़ियाँ उतर कर नीचे चला गया।

उधर तुलसी भी बहुत झल्लाई हुई थी। वो क्या सोच कर घर से गई थी कि कबीर उसे ये कहेगा तो वो वो जबाव देगी। अगर अपना प्रेम प्रस्ताव रखेगा। तो वो पहली बार में तो नहीं मानेगी। थोड़ा तो उसे अपने आगे पीछे घुमाएगी। उसे तो पक्का यकीन था कि कबीर ने अपना दिल खोल कर उसके सामने रख देना है और ये सब तुलसी को भी अच्छा लगता। कालेज में तो हर बात में उसे यही एहसास होता था कि कबीर को उसमें बहुत दिलचस्पी है और वह तुलसी को दिल जान से चाहता है।

पर आज के कबीर के व्यवहार से तुलसी का मन बहुत ही परेशान था। उसे लग रहा था कि कहीं वो तो कबीर की बातों का गलत मतलब तो नहीं निकाल रही। हो सकता है कबीर को उसमें कोई दिलचस्पी ही न हो। वो सब से इसी प्रकार अपनेपन से बात करता हो और वो गलत मतलब ले गई। तुलसी के कानों में गाने के बोल गूंज रहे थे जो शायद घर में टी वी पर आ रहा था और उसकी बहन देख रही थी।

"वो हंस के मिले हमसे

हम प्यार समझ बैठे

बेकार में उलफत का

इज़हार समझ बैठे।"

तुलसी ने देखा उसकी आंखों में आसू थे। उसे यही पछतावा हो रहा था। कि उसे कॉफ़ी के लिए हाँ नहीं करनी चाहिए थी। उसने सोचा अब के बाद वह कबीर के साथ कभी बात नहीं करेगी।

❖

अगले दिन तुलसी बुझे से मन से कालेज गई पर वह अपने आप को सामान्य दिखाने की कोशिश कर रही थी। मन मन सोच रही थी कि कबीर दिख भी गया तो वह नज़र नहीं मिलाएगी। वह क्लास में चली गई अपनी सीट पर बैठ गई पर कबीर अपनी सीट पर अभी भी नहीं आया था। वो सोच रही थी कि शायद कबीर न आए पर उसे घबराहट क्यों हो रही है। वो तो घर से यह सोच कर आई है कि कबीर के आने न आने पर उसे कोई फर्क नहीं पड़ेगा। तभी प्रोफैसर साहिब क्लास में आ गए। जब हाजिरी लगी तो कबीर ने बोला "यस सर", तुलसी ने हैरान हो कर पीछे मुड़ कर देखा तो कबीर अपनी सीट पर बैठा था। और वो तुलसी की ओर देख कर मुस्कुरा दिया। तुलसी कुछ झेंप गई और आगे को मुंह कर के बैठ गई। उसे आश्चर्य था कि उसे पता ही नहीं चला कि कबीर कब उसके पीछे वाली सीट पर आ कर बैठ गया और ऊपर से उसकी मुस्कुराहट से उसका दिल धक से रह गया। मन ही मन वह सोच रही थी कि कहीं वो तो कबीर के साथ प्यार तो नहीं करने लगी। क्योंकि कबीर का क्लास में होना भी बहुत अच्छा लगा और उसकी मुस्कुराहट वो जैसे तुलसी का दिल ही निकाल कर ले गई। तुलसी जो कल की कबीर पर इतनी गुस्सा थी कि रात भर आराम से सो भी नहीं पाई थी और उसने यह भी सोचा था कि अब कभी कबीर से बात नहीं करेगी। उसे पता नहीं कैसे कबीर की एक मुस्कुराहट ही लूट कर ले गई। उसका दिल बहुत ज़ोर से धड़क रहा था और

वो अपनी भावनाओं पर नियन्त्रण रखने का पूरा प्रयास कर रही थी। उसे लग रहा था कि उसके पीछे बैठा कबीर उसी को घूर रहा था। पता नहीं वो क्या सोच रहा होगा कि मैने पीछे मुड़ कर उसकी ओर क्यों देखा। पीरीयड समाप्त हुआ और प्रोफैसर साहिब ने सारी क्लास को बताया कि इस शनिवार को बी.ए. फाईनल की क्लास के सभी सैक्शन का एक फंक्शन हो रहा है। जो कोई भी विद्यार्थी इस में भाग लेना चाहे वो अपना अपना नाम कबीर को लिखवा दें। और कबीर की तरफ देख कर बोले

"और कबीर तू भी अपनी कोई नई और अच्छी सी कविता सुनाना।" इस बात पर सारी क्लास ने तालियाँ बजा दी। कक्षा समाप्त होने के बाद बच्चे कबीर के पास आ कर अपना अपना नाम लिखवाने लगे। बाद में सब नाम संगीत के अध्यापक को देने थे तो वही यह निश्चय करेंगे कि किस किस को स्टेज पर जाने का अवसर मिलेगा। कबीर कविता भी बहुत अच्छी लिखता था और गाता भी बहुत अच्छा था। कालेज के हर फंक्शन में वह अवश्य ही भाग लेता था। सारे बच्चे व प्रोफैसर भी उसे बहुत पंसद करते थे।

अब कुछ दिन कक्षा में गहमा गहमी लगी रहनी थी क्योंकि बच्चे अपनी अपनी तैयारी कर रहे थे तो कक्षा में बच्चे कम होते थे। वैसे गाती तो तुलसी भी बहुत अच्छा थी पर वह स्टेज पर कम ही जाती थी। वैसे भी कबीर को लेकर थोड़ी सतर्क रहती थी इसीलिए उसन अपना नाम नहीं लिखवाया था।

फंक्शन का दिन आ गया। बड़े हाल में फंक्शन था जिन बच्चों ने भाग लिया था वो साथ वाले कमरे में थे। स्टेज सजी हुई थी। कई प्रकार की रौशनी जल रही थी। अभी पर्दा गिरा हुआ था और बच्चे आ आ कर कुर्सियों पर बैठ रहे थे। सभी अपनी अपनी सबसे अच्छी पोशाक पहन के आए थे। एक तो जवानी का जोश, ऊपर सुन्दर, आकर्षक और मनभावन चेहरे। बच्चों को आकर्षण और उत्साह बस देखते ही बनता था। अपने अपने दोस्तों के साथ बैठ

गए और फंक्शन के शुरू होने का इन्तज़ार करने लगे। तभी संगीत के अध्यापक स्टेज संचालन करने के लिए स्टेज पर आ गए।

और बोले, "आदरणीय प्रिंसीपल साहिब, मेरे साथी अध्यापकगण और विधार्थीगण आप सबको सादर नमस्कार। आज हम आज का फंक्शन शुरू करने जा रहे है और मैं प्रिंसीपल साहिब से फंक्शन शुरू करने की अनुमति चाहता हूँ।" तभी प्रिंसीपल साहिब ने हाथ ऊपर करके फंक्शन शुरू करने की इजाजत दे दी। सभी ने तालियाँ बजा कर स्वागत किया। स्टेज संचालक की घोषणा के साथ ही सारा शोर चुप हो गया और सब उत्सुकता के साथ स्टेज की ओर ही देख रहे थे तभी कार्यक्रम शुरू हो गया। सबसे पहले डांस था। दो बच्चों ने बहुत अच्छा डांस किया उसके बाद सिलसिला शुरू हो गया। किसी ने गाना गाया, किसी ने नाटक में हिस्सा लिया, किसी ने हास्य व्यंग किया तो किसी ने भाषण दिया। इसी तरह कार्यक्रम आगे बढ़ता गया।

अब कबीर का नाम घोषित किया गया। कबीर के स्टेज पर आते ही सारा हाल तालियों से गूंज गया। सभी को सम्बोधन करने के बाद कबीर ने पहले तीन चार लाईन गाई। फिर बोला

"प्रिंसीपल साहिब, अध्यापकगण और मेरे साथियों, मैं आज आपको अपनी एक कविता सुनाने जा रहा हूँ। यह कविता मैंने अपने सभी सहपाठियों के लिए लिखी है। मैं सबका नाम और रोल नं. बोल कर हर किसी पर चार पंक्तियाँ बोलूंगा। कुछ शब्द बस हसी मज़ाक के लिए ही लिखी गई है आशा करता हूँ कि सभी इसका जी भरकर आनन्द लेंगे और किसी बात का बुरा नहीं मानेंगे Love you all"।

इतना कहना था कि सभी ने फिर तालियाँ बजा कर कबीर की कविता का स्वागत किया क्योंकि सबको पता था कि कबीर बहुत अच्छा लिखता है और अब बहुत मज़ा आने वाला है।

इतना कहने के बाद कबीर ने बोलना शुरू किया।

"मेरी क्लास एक गुल्दस्ता है और सभी सहपाठी अलग अलग रंग के फूल और खुशबु है। मैं सभी के रंग और खुशबु का गुणगान करने वाला हूँ और सभी फूल अपनी कविता के धागे में पिरोने की कोशिश करूँगा।"

ऐसे बोलने के बाद उसने रोल नं. 1 से शुरू किया।

रोल नं. 1 बन्दा नेक

नाम है उसका अनुप

सारा दिन मस्ती करता।

पर कभी न बोल झूठ।

ऐसे ही वो आगे बढ़ता गया। तुलसी बहुत घबरा गई थी। उसे समझ नहीं आ रही थी। कि कबीर उसके बारे में क्या बोलेगा। कहीं कुछ ऐसी बात न बोल दे जिससे सारी क्लास में उसका मज़ाक न बन जाए। तुलसी का रोल नं. 37 था सो बारी आने को थोड़ा समय लगना था। एक बार तो तुलसी ने सोचा कि वह उठ कर चली जाए। ताकि वो सुने ही ना कि कबीर उसके बारे में क्या बोल रहा है। रोल नं. 30 तक वो पहुंचा गया था। ज्यों ज्यों तुलसी का रोल नं. पास आ रहा था। उसके दिल की धड़कन तेज हो रही थी। रोल नं. 36 के बाद, तुलसी को जैसे कुछ सुनाई नहीं दे रहा था। पर कबीर रोल नं. 36 के बाद रोल नं. 38 पर आ गया। तुलसी पर उसने एक शब्द भी नहीं बोला। तुलसी को जितनी हैरानी हुई उतना ही दुःख भी हुआ। क्योंकि वो तो सोचती थी कि शायद कबीर उसकी सुन्दरता के बारे में ही लिखेगा। उसने तो तुलसी की बारे एक शब्द भी नहीं लिखा। तुलसी को स्वयं पता नहीं लगा रहा था कि आखिर कबीर उसके बारे में क्या सोचता है। हमेशा उसके पीछे पीछे आता है। कई बार तो घर तक भी पीछा किया। मेरे पीछे वाली सीट पर बैठ कर कुछ न कुछ बोलता रहता है। एक बार तो उसने यह भी बोल दिया था कि उसको मैं अच्छी लगती हूँ और

मैंने यूँ ही बोल दिया था कि मेरी सगाई हो चुकी है जो बाद में उसे पता चल गया था कि मैंने झूठ बोला था। शायद उसी बात का वो बदला लेना चाहता है।

तुलसी के विचारों की तंत्रा तब टूटी जब कबीर की कविता पूरी हो गई, और सब बच्चे खड़े हो कर तालियाँ बजा रहे थे और सीटियाँ भी बजा रहे थे। सबको उसकी कविता बहुत पसन्द आई थी और अपने अपने बारे लिखी गई पंक्तियों को दोहराने की कौशिश कर रहे थे। इसके बाद आखिर में भांगड़ा होना था। यह शायद सारे फंक्शन की सबसे आकर्षक पेशकश होगी। सभी ने तालियाँ बजा कर भांगड़ा टीम का स्वागत किया पर तुलसी की भावानाएँ बहुत आहत हो गई थीं और वह उठकर चली गई।

अपने विचारों में खोई खोई वो घर पहुँच गई तो माँ ने पूछा,

"बेटा कैसा रहा फंक्शन, खुब मस्ती की होगी",

"हाँ जी माँ, बहुत अच्छा रहा।

कह कर तुलसी अपने कमरे में चली गई। मन बहुत व्यथित था कबीर को वो जितना समझने की कोशिश कर रही थी, उसके लिए वो उतनी ही पहेली बनता जा रहा था। तुलसी को लग रहा था कि शायद कबीर को उसमें कोई दिलचस्पी नहीं बस तुलसी स्वयं कबीर से प्रेम करने लगी है। उसे समझ नहीं आ रहा था कि वो क्यों कबीर से विशेष व्यवहार की अपेक्षा करती है। उसे क्यों लगता है कि कबीर के लिए वह अलग सा स्थान रखती है। जबकि अब उसे यह लगने लग गया था कि तुलसी को अपने मन को अब समझाना है कि वह कबीर के बारे सोचना छोड़ दे। इसी उधेड़बुन में वह ढंग खाना भी नहीं खा सकी। रात को नींद भी ढंग से नहीं आई। बेचैनी सी रही। अपने मन को वश में करने की नाकाम कोशिश करती रही जो बरबस कबीर के ख्यालों में खो जाता था।

उधर फंक्शन समाप्त होने के बाद कबीर की नज़रें तुलसी को ढूंढ रही थी। वो देखना चाहता था कि तुलसी पर इसका कोई

प्रभाव पड़ा या उसे फर्क ही नहीं पड़ा। कबीर ने जान बूझ कर तुलसी के बारे स्टेज पर कुछ नहीं कहा। इसका यह मतलब नहीं था कि उसने तुलसी के बारे में लिखा नहीं था। लिखा तो था पर पढ़ा नहीं था। क्योंकि उसे लगता था कि जो भी उसने तुलसी के बारे में लिखा था वो कुछ व्यक्तिगत था और वह स्टेज पर सबके साथ सांझा नहीं करना चाहता था। वो नहीं चाहता था कि उसकी कोमल और पवित्र भावनाओं का मज़ाक बन जाए और तुलसी भी बुरा मान जाए। वह सोच रहा था कि उसने जो भी तुलसी के लिए लिखा था वह उसे अकेले में देगा। अभी तक तो उसे कौफ़ी हाऊस में हुई असफल सी मुलाकात के बारे नहीं भूली थी। उसका ही बहुत पछतावा था कि वह तुलसी को अपने मन की बात नहीं कह सका और उसे लग रहा था कि शायद तुलसी नाराज़ भी है। अब वो बस कबीर को उचित मौके की तलाश थी जब तुलसी उसे अकेले में मिले और वह उस पर लिखी हुई कविता उसे दे दे। यही उसका प्रेम प्रस्ताव भी होगा। उस कविता में कबीर ने अपना दिल खोल कर रख दिया था और तुलसी के सौंदय का वर्णन भी जी खोल कर किया था। इसीलिए उसे लगा रहा था कि यह कविता उसके मनोभाव को तुलसी के हृदय तक अवश्य पहुंचा देगी। वह तुलसी को ढूंढ रहा था पर तुलसी उसे दिखाई नहीं दी। क्योंकि तुलसी तो आहत हो कर घर चली गई थी।

तुलसी बहुत ही बुझे मन से घर आई थी। रात को भी उसे नींद ढंग से नहीं आई। वो यही सोच रही थी कि कबीर ने ऐसा क्यों किया? क्या जो कुछ वो कबीर के बारे में महसूस कर रही थी वह उसके अपने मन की ही कल्पना थी और कबीर के दिल में उसके लिए कोई भावनाएं नहीं थी? कक्षा के हर विधार्थी के बारे में उसने कुछ न कुछ लिख और हर किसी ने जी भर के पसन्द भी किया पर उसके बारे में एक शब्द भी नहीं लिखा। उसका तो रोल नं. भी नहीं लिया सीधा 36 से 38 पर चला गया। ऐसी भी क्या बेरुखी? तुलसी को लग रहा था कि शायद बाकी बच्चे उस पर हंस रहे थे,

उसका मज़ाक उड़ा रहे थे कि कबीर के लिए वो जैसे कक्षा में है ही नहीं। उसकी आँखे भी आसूओं से भरी हुई थी क्योंकि अपनी इतनी उपेक्षा वह सह नहीं पा रही थी।

अगले दिन रोज़ की तरह ही तुलसी तैयार हो कर कालेज चली गई पर मन बहुत आहत भी था और कबीर पर नाराज़ भी था एक मन कर रहा था कि वो कबीर से पूछे कि उसने तुलसी के बारे में कुछ भी क्यों नहीं लिखा पर दूसरी तरफ उसका दिल करता था कि वो अब कभी कबीर से बात ही नहीं करेगी। पहले उसने कौफ़ी के लिए बुलाया और अपमानित सी हो कर आई थी। अब तो कबीर ने उसे सरे-आम अपमानित कर दिया अब उसके साथ क्या बात करनी और क्या पूछना। अगर कोई उल्टा सीधा जवाब दे दिया तो मन और परेशान होगा। अब बेहतर यही होगा कि वो अपने मन को समझा ले और..

कबीर के लिए अपनी तीव्र होती कोमल और प्रेम की सभी भावनाओं को दबा लें। अभी तो शुरुआत है, इसलिए अभी अभी नियन्त्रण कर लेना ही समझदारी होगी।

ऐसे ही सोचते सोचते तुलसी क्लास रूम में अपनी सीट पर जा कर बैठ गई। उसका मन तो कर रहा था कि आज इस सीट पर भी न बैठे। क्योंकि उसे पता था कि पीछे वाली सीट पर सदा कबीर बैठता है। पर वो फिर भी अपनी उसी सीट पर बैठ गई क्योंकि अगर वो सीट बदलेगी तो सीमा भी पूछेगी कि यहाँ क्यों नहीं बैठना। वो क्या जवाब देगी कि कबीर ने उसके लिए कुछ नहीं लिखा और वह उसके साथ नराज है। ऐसे तो नहीं बोल सकती थी। इसलिए चुपचाप अपनी सीट पर ही बैठ गई। अभी क्लास में बहुत थोड़े बच्चे आए थे। थोड़ी देर में कबीर भी आ कर पीछे वाली सीट पर बैठ गया। बैठने से पहले उसने तुलसी की ओर देखा और पूछा "क्या हाल है?"

तुलसी तो पहले नाराज बैठी थी। मुंह के आगे अपनी किताब रख कर, मोटी मोटी आँखें कुछ घुमा कर बोली,

"हम आपके साथ नाराज़ हैं?"

"वो क्यो?" कबीर ने हैरानगी से पूछा। आप ने सब classmate के बारे कुछ ना कुछ लिखा, सिर्फ हमे छोड़ दिया। क्यों? तुलसी ने आखों के इशारे से पूछा? "आप मेरी classmate थोड़े ही हैं?" कबीर ने उत्तर दिया।

"तो फिर हम क्या हैं?" तुलसी ने पूछा "आप तो हमारी Soulmate हैं। जो आपके लिए लिखा वो तो मैंने किसी के लिए नहीं लिखा और वो सब के सामने तो नहीं बोल सकता था।"

इतना कह कर कबीर ने अपनी जेब से एक कागज़ निकाला और तुलसी की तरफ बढ़ाया। साथ ही एक हाथ दिल पर रख कर दोनों आँखें बंद कर लीं।

तुलसी ने चुपचाप वो कागज पकड़ लिया पर उसके दिल की धड़कन इतनी तेज़ हो गई कि उसे संभालना मुश्किल लग रहा था। उसने झट से वो कागज़ अपने बैग में डाल लिया और इधर उधर देखा कि कोई उसकी तरफ देख तो नहीं रहा। धीरे धीरे कक्षा के सब बच्चे आ गए प्रोफैसर साहिब भी आ गए और पढ़ाना शुरू कर दिया। पर तुलसी को तो न कुछ सुनाई दे रहा था और न ही दिखाई। वो बार बार अपने बैग को छू कर देख रही थी और ऐसे डर रही थी जैसे उसने कोई बम्ब छुपा रखा हो। क्योंकि अभी तो वो ना बाहर निकाल सकती थी और न ही पढ़ सकती थी। उधर कबीर की उत्सुकता भी कम नहीं थी। दिल उसका भी जोरों से धड़क रहा था। इर्द गिर्द की होश उसे भी नहीं थी। वो भी सोच रहा था कि पता नहीं इसका तुलसी पर क्या असर होगा। उसे डर था कि कहीं तुलसी नाराज ही न हो जाए क्योंकि यह कविता जो, उसने तुलसी के लिए लिखी थी वो उसके दिल की आवाज़ ही थी। अब तो बस यही था कि वो तुलसी के दिल पर दस्तक देने में सफल हो जाए।

कालेज समाप्त होने के बाद तुलसी घर को चली गई। घर जाते ही माँ ने कहा कि खाना खा ले पर तुलसी ने कहा कि आज मन नहीं है मैं ज़रा कमरे में जा कर आराम करना चाहती हूँ। पर माँ पीछे पीछे आ गई और उसका माथा हाथ से छू कर बोली

"क्या हुआ, कहीं बुखार तो नहीं?"

"नहीं माँ ... कुछ नहीं हुआ बस ज़रा सिर में दर्द है। थोड़ा सा सो लूँगी तो ठीक हो जाऊँगी और उठ कर मैं खाना खा लूँगी।"

तुलसी ने कहा।

धीरे धीरे कुछ बोलती हुई माँ कमरे से बाहर निकल गई।

तुलसी ने अपना दुपट्टा बिस्तर पर फैंक दिया और कमरे का दरवाज़ा बन्द कर लिया। फिर उसने अपना बैग उठाया और धीरे से खोला। उसके हाथ ऐसे काँप रहे थे जैसे वो कोई विस्फोटक पदार्थ निकालने वाली हो। दिल जोरों से धड़क रहा था, हाथ कांप रहे थे और दिल घबरा रहा था। उसने हिम्मत करके वो कागज बैग से निकाला। एक बड़ा सा कागज तह किया हुआ था। जैसे ही उसने तह खोली उसमें से गुलाब की कुछ पत्तियां बिस्तर पर गिर गई। उसने जल्दी से वो पत्तियां इकट्ठी करके अपनी एक किताब में रख ली और कागज़ खोल कर कविता पढ़ने लगी।

(1) मैंने इस दुनिया में कोई अपना अपना पाया है

धरा गमों की मारी पर, इक सुन्दर सपना पाया है।

बैठे बैठे निगाह उठी उठकर टकराई

झुक गए चारो नयन, नयन पर पलक गिराई

हो गई धड़कन तेज़, बदन में कंपन छाई

हाथ कांपने लगे, रही न सुध बुध काई।।

(2) उसकी जुल्फें खुली,। घिरे हो बादल जैसे,

उसकी आँखें नील कमल हो सागर जैसे-

उसकी छटा रूपहली, ख्वाब उजागर जैसे

उसके नाज़ुक होंठ, जाम ओ सागर जैसे

(3) चांद सी रंगत ओढ़े, उसकी छटा छरहरी,

आँखें उसकी गोल, आँख पर पलक परहरी

लाल गुलाब सी रंगत पाए बिंदिया लहरी,

कोमल लता की भांति, उसकी भुजा मरमरी।।

(4) पंखुड़िओं से अधर लिए वो चंचल बाला

लाल अंगारों से भड़की हो जैसे ज्वाला

उसके नाज़ुक कान, कान में सुंदर बाला

गाल पे नज़र उतारे उसका वो तिल काला

(5) चेहरे धड़ को जोड़ती वो सुंदर गर्दन,

जिस पर उसकी जुल्फें करती रह रह मर्दन

गोल सुराहीदार चमकती जैसे कंचन

सुंदर बदन का बांधती वो सुंदर बंधन

(6) पड़ी गले में डोलती वो माला झर झर

जैसे शंकर के गले में कौड़िया अजगर

माला छूए रह रह कर हर अंग सुंदर

स्वप्नदीप सा अजब लौलुप्त सुहाना मज़र

(7) उसकी बात में जादू उसकी चाल में जादू

उसकी ललित अदाओं में हर हाल में जादू

तीर निगाहों के, आँचल की ढाल में जादू

खिंचता जाँऊ बिना डोर, है विसाल में जादू

(8) हंस कर कर ले बात खुदा भी हो जाए काफिर

ईमान फरिशते खों दें, देख ले एक नज़र भी

पल में कर दे कत्ल, जैसे हैं नज़रें कातिल

उसका खुदा ही वाली, मेहरबाँ हो जाए जिस पर

(9) क्या इस सुदर सपने का संदेश यही है

कहते हैं स्वर्गलोक जिसे वो देश यही है।

जिसे पल पल देखने को नज़रें तरसी है

दिल मेरा मेरी जाँ, हाँ हाँ यही तुलसी है।

एक बार दो बार, तीन बार बार बार तुलसी ने वो कविता पढ़ी। एक एक अक्षर उसके दिल पर लग रहा था। एक एक लाईन को वो बार बार पढ़ कर देखती। फिर वो उठकर शीशे के सामने खड़ी हो गई। बंधे हुए बाल खोल कर, थोड़ी शीशे के और पास हो कर धीरे से बोली,

"क्या मैं इतनी सुन्दर हूँ।"

"कबीर की आँखों ने और उसकी कलम ने तो मुझे आसमान पर ही बिठा दिया।"

अजीब सा नशा दिल व दिमाग पर छा गया था। ऐसे लग रहा था जैसे वो आसमान में उड़ रही हो एक पतंग की तरह और उसकी डोर कबीर के हाथ में थी। चारों तरफ उसे कबीर की आँखें दिखाई दे रहीं थी और दिख रहा था उनमें छुपा हुआ ढेर सारा प्यार। दिल उसका कर रहा था कि उड़कर कबीर के पास चली जाए और उसकी बाहों में समाकर उसका सारा प्यार अपने दामन में समेट ले। ऐसे

सोचते सोचते वो बिस्तर पर लेट गई। उसे पता ही नहीं चला कब उसकी आँख लग गई।

उधर बेचैनी कबीर को भी कम नहीं थी। अपने दिल का हाल कविता के रूप में लिख कर तुलसी को दे तो दिया था पर यह सोच सोच कर घबराहट हो रही थी कि पता नहीं यह सब पढ़ कर तुलसी की क्या प्रतिक्रिया होगी। कहीं नाराज़ ही ना हो जाए। अभी तो थोड़ी बहुत बातचीत होती है, कहीं वो भी बंद ना हो जाए। अभी तक तो आशा है कि शायद तुलसी उसके प्रेम प्रस्ताव को स्वीकार कर ले। पर कहीं इस कविता से सब उल्ट पुल्ट ना हो जाए। कबीर की रात भी बेचैनी में ही कटी। पर अब कल तक का इन्तजार तो करना ही पड़ेगा। बस वो मन ही मन भगवान से प्रार्थना कर रहा था कि तुलसी को कुछ बुरा न लगे।

तुलसी कालेज जाने के लिए तैयार होने लगी। उसे सब कुछ नया नया लग रहा था। उसे समझ नहीं आ रही थी कि वो क्या पहने क्योंकि आज उसे लग रहा था कि कालेज के लिए नहीं बल्कि सिर्फ कबीर के लिए ही तैयार हो रही है। उसने हल्के पीले रंग का सूट पहना। कानों में बाली और गले में लम्बी झूलती हुई मोतियों की माला पहनी। हल्की सी क्रीम लगा कर आँखें काजल से भर लीं। छोटी सी इक बिन्दिया माथे पर लगा ली और बाल खुले ही छोड़ दिए। अब एकटक अपने को शीशे में निहारने लगी। कबीर की कविता उसे अपने आप में नज़र आने लगी। एक बार फिर उसने आईने से पूछा।

"क्या मैं इतनी सुंदर हूँ?"

"इससे भी कहीं अधिक मेरे पास तो

शब्द कम पड़ गए थे। ज़रा मेरे नज़र से

खुद को देखो तो शायद तुम समझ

जाओगी कि तु क्या हो?"

पीछे से कबीर की आवाज आई और तुलसी को ऐसे लगा कि वो उसके इतना पास खड़ा है कि उसकी गर्म सांस तुलसी की गर्दन को छु गई। तुलसी ने हडबड़ा कर पीछे मुड़ कर देखा पर वहाँ कोई नहीं था। बस तुलसी की अपनी ही कल्पना थी।

तुलसी कालेज पहुंची तो उसकी नज़रें कबीर को ढूंढ रही थी। दिल की धड़कन बेकाबू सी होती जा रही थी। उसे समझ नहीं आ रहा था कि कबीर का सामना कैसे करेगी। ऐसे ही सोचते सोचते वह क्लास में पहुँच गई उसने देखा कि कबीर पहले ही क्लास में अपनी सीट पर बैठा था। वह सदा तुलसी की पिछली वाली सीट पर ही बैठता था। तुलसी ने चोर नज़र से कबीर की तरफ देखा तो कबीर ने उसे कहा "हैलो।"

तुलसी ने भी धीरे से नज़रें झूका कर, कुछ मुस्करा कर उसकी 'हैलो' का उत्तर दिया और बैठ गई। तभी कबीर ने कहा,

"तुलसी सुनो।"

तुलसी ने पीछे मुड़ कर कबीर की तरफ देखा तो कबीर बोला, "अगला पीरीयड फ्री है। मेरे साथ कैंटीन चलोगी।"

तुलसी ने हाँ में सिर हिलया और चुपचाप बैठ गई।

जब पीरीयड समाप्त हुआ तो कबीर ने तुलसी को कक्षा के बाहर बुलाया। तुलसी उसके साथ साथ चल पड़ी। दोनों कैंटीन की तरफ जा रहे थे। कैंटीन में जा कर कबीर ने चाय लाने को बोला और तुलसी से पुछा

"क्या खाओगी?"

"कुछ नहीं बस चाय कॉफ़ी है" धीरे से तुलसी बोली।

"कुछ नहीं क्यों? अपनी कैंटीन का पनीर पकौड़ा बहुत स्वाद है। वही खाते हैं।" कह कर कबीर ने एक प्लेट पनीर पकौडे की भी आडर कर दी। कैंटीन का लड़का पाँच मिनट में ही दो कप चाय

और एक प्लेट में पकौड़े भी रख गया। कबीर ने चाय का कप तुलसी की तरफ खिसका दिया और प्लेट उठा कर उसकी तरफ करता हुआ बोला,

"लो तुलसी खा कर देखो कितना स्वाद है।"

तुलसी ने शर्माते हुए एक पकौड़ा उठा लिया और एक कबीर ने भी उठा लिया। कबीर कनखियों से तुलसी को ही देख रहा था और मन ही मन यह सोच कर खुश हो रहा था कि तुलसी ने कविता पढ़ कर बुरा नहीं माना। कबीर को लग रहा था कि उसका प्यार तुलसी के दिल पर दस्तक देने में सफल हो गया है। इसीलिए उसके हौंसले बढ़ रहे थे और उसका दिल कह रहा था कि वह तुलसी के आगे अपना दिल खोल कर रख दे। उसे बता दे कि वह उसके लिए क्या मायने रखती है। कैसे उसके दिल और दिमाग पर चैबीस घंटे बस तुलसी ही राज करती है। वह इतनी सुन्दर है कि कविता में वह उसकी पूर्ण सुन्दरता को बाँध नहीं सका। शायद कभी पूरा वर्णन कर भी नहीं पाएगा। ऐसे ही सोचते सोचते कबीर ने कहा।

"तुलसी मैं तुमसे कुछ बात करना चाहता हूँ।"

"क्या बात है?" तुलसी ने आँखें ऊपर उठा कर पूछा।

अब कबीर बोल तो दिया कि वह उससे बात करना चाहता है पर न तो उसकी हिम्मत हो रह थी और न ही उसे शब्द मिल रहे थे। वह थोड़ा सकपका गया फिर भी हिम्मत कर के बोला

"बात तो करनी है पर मुझे लगता है यह माहौल ठीक नहीं क्योंकि मैं तो तुम्हें अपने दिल की बात बताना चाहता हूँ। कुछ पूछना है और कुछ बताना है?"

इतना बोल कर कबीर तुलसी की तरफ देखने लगा। वह तुलसी के चेहरे के हाव भाव समझने की कोशिश कर रहा था। जबकि तुलसी बिल्कुल चुप बैठी थी। आँखें शर्म से झूकी हुई थीं और गाल हया से लाल हो रहे थे। कुछ घबरा कर वह अपनी सामने पड़ी प्लेट

में चम्मच घुमा रही थी। कबीर ने जब देखा कि तुलसी कुछ शर्मा रही है और कुछ बोल नहीं रही तो कबीर फिर बोला,

"सुनो, तुलसी कल कालेज में तो छुट्टी है। कल वहीं Long drive पर चलते हैं। रास्ते में बातें करेंगे। यहाँ कालेज कैंटीन में तो बात नहीं होगी।"

तुलसी ने उसकी तरफ देख कर आँखों से ही उसके निमंत्रण को सहमती दी। इस पर कबीर ने फिर कहा,

"तो फिर ठीक है। कल पूरे 11 बजे तुम मुझे। तुम्हारे घर के पास बस-स्टाप पर मिलना मैं तुम्हारा इन्तजार करूँगा।"

तुलसी ने हाँ में सिर हिलाया। वो तो जैसे मंत्र मुग्ध बैठी थी। उसके कानों में कबीर की लिखी कविता ही सुनाई दे रही थी और उसकी किसी बात को ना करने का मन ही नहीं हो रहा था। तभी कबीर फिर बोला,

"ठीक है। अब चलते हैं। कल लेट नहीं होना, मैं बेसब्री से तुम्हारा वहीं इन्तज़ार करूँगा।"

तुलसी ने हाँ में सिर हिलाया और अपने दुपट्टे को समेटती हुई खड़ी हो गई। कबीर भी उठ कर खड़ा हो गया और दोनों कालेज के गेट तक बातें करते करते आ गए। तुलसी अपने बस की तरफ बढ़ गई और कबीर अपना बाईक लेने चला गया।

रात को यही सोच सोच कर कटी कि कल तुलसी के साथ क्या बात करनी। उसे डर था कि कहीं 'कौफ़ी हाऊस' की तरह इस बार की मुलाकात भी फेल और फ्लाप न हो जाए। अब उसे हौसले और हिम्मत से अपने मन की बात बोल देनी है। अब उसे थोड़ी घबराहट भी कम थी और कुछ हौसला भी बढ़ा हुआ था क्योंकि कविता वो तुलसी को दे चुका था और कविता पढ़ने के बाद तुलसी की आँखों में भी उसे अपने लिए प्रेम के भाव दिखाई दिए थे। तभी तो तुलसी ने कल मिलने से न नहीं की थी। आंगन में तुलसी के

पौधे के पास, खड़े हो कर एक बार तो उसने अपने दिल की सारी बातें बोल दी थीं और अब उसे लग रहा था कि कल को भी वो बड़े तरीके व सलीके से अपने मन की बात तुलसी के सामने रखेगा।

उधर तुलसी भी सोच रही थी कि कबीर उसे क्या कहेगा क्या इतना ही प्यार जताएगा जितना कविता में लिखा है? क्या उत्तर दूंगी उसके प्यार के इज़हार का। उसे लग रहा था कि वे भी कबीर के प्रेम में गले तक डूब चुकी है। कबीर उससे प्यार करता है, इस बात का तो लेश मात्र भी शक नहीं था। इन विचारों में कब उसे नींद आ गई पता ही नहीं चला। अगले दिन छुट्टी थी सो सब लेट ही उठे थे। 10 बजे नाश्ता कर के तुलसी अपने कमरे में आ गई।

वह सोचने लगी कि क्या पहना जाए।

पहले उसकी बहिन पास थी तो वो उसकी सलाह ले लेती थी पर अब वो भी शादी कर के जा चुकी है। इसलिए सब छोटी बड़ी बातों का फैसला स्वयं ही करना पड़ता है।

काफ़ी सोच विचार कर के, कई कपडे उलटने पलटने के बाद उसने जीन्स और टाप निकाली। हल्की नीली जीन्स के साथ काले रंग की टाप पहनी थी। मोटे मोटे काले रंग के मोतियों की माला गले में झूल रही थी। कानों में बालियाँ लटक रहीं थी। हल्के गुलाबी रंग की लिपस्टिक रंग के साथ ही मेल खा रही थी। कमर तक खुले बाल और कुछ लटें माथे पर लहरा रही थीं। हल्के भूरे रंग के बड़े बड़े शीशे वाला धूप का चश्मा लगा लिया था। बला की खूबसूरत लग रही थी। एक बार फिर मुड़ कर शीशे में अपने आप को निहारते हुए तुलसी बोली,

"क्या मैं सच में इतनी सुंदर हूँ जिनता कबीर ने अपनी कविता में लिखा है।"

इतना कह कर वह मुस्कुरा दी और कलाई में लगी घड़ी की तरफ देखा और बोली

"ओह हो। ग्यारह तो यहीं बज गए। कबीर इन्तज़ार कर रह होगा। मुझे जल्दी निकलना चाहिए।"

इतना कह कर तुलसी कमरे से बाहर आ गई। बाहर उसकी माँ बैठी थी। वह माँ से बोली,

"माँ मैं सहेलियों के साथ जा रही हूँ। एक दो घंटे में आ जाऊँगी।"

माँ ने हाँ में सिर हिलाया और अपनी बेटी को निहारती रह गई। सोच रही थी कि किसी की नज़र न लगे। दिल तो किया कि बेटी को काला टीका लगा दे। पर तब तक लहराती हुई तुलसी बाहर निकल गई थी।

उधर कबीर पौने ग्यारह बजे ही निर्धारित स्थान पर पहुंच गया। अब सवा ग्यारह हो गए थे पर अभी तुलसी नहीं आई थी। उसने उसी राह पर टिकटिकी लगाई हुई थी जिधर से तुलसी ने आना था। मन ही मन कबीर अधीर हो रहा था उसे डर था कि कहीं ऐसे न हो कि वो आए ही ना। वो आँखे बंद करके माथे पर हाथ रख कर सोच रहा था कि उसे आवाज आई,

"कबीर क्या सोच रहे हो?"

आँखें खोली तो सामने तुलसी खड़ी थी। उसे देख कर कबीर की आँखें खुली की खुली रह गई। बेहद खूबसूरत लग रही थी। गले में लटकती माला देख कर कविता की लाईनें उसके कानों में गूंजने लगी।

पड़ी गले में डोलती वो माला झर झर

जैसे शंकर के गले में कौड़िया अजगर,

माला छूए रह रह कर हर अंग सुंदर

स्वप्नलोक सा अजब लौलुप्त सुहाना मंजर।।

"क्या सोच रहे हो?" तुलसी ने कबीर से फिर पूछा।

"अरे कुछ नहीं। बस तुम्हें देख रहा था। बहुत अच्छी लग रही हो।"

इतना कह बड़े अदब से कार का दरवाजा खोल कर उसे बैठने के लिए कहा। अपनी तारीफ सुन कर तुलसी थोड़ी झेंप गई और लजाती हुई कार के अन्दर बैठ गई तो कबीर दरवाजा बंद किया और आप आकर ड्राईविंग सीट पर बैठ गया। कार स्टार्ट करके बोला

"तुलसी कहाँ जाना है।"

"मैं क्या बोलू, मैंने तो कुछ नहीं सोचा। तुम जहाँ ले चलो।"

तुलसी ने ज़रा लजाते हुए उत्तर दिया। "ठीक है, फिर झील की तरफ चलते हैं। बहुत अच्छा लगेगा।"

कबीर ने उत्तर दिया और तुलसी ने भी हाँ में सिर हिलाया। कबीर ने गाड़ी मोड़ कर झील के रास्ते की तरफ हो लिया। कबीर ने हल्का हल्का संगीत चला दिया। साथ ही गाना बज रहा था,

"मेरे दिल में आज क्या है

तू कहे तो मैं बता दूँ।"

तुलसी भी चुपचाप बैठी गाना सुन रही थी और कबीर गाड़ी चला रहा था। थोड़ी गर्मी हो गई थी सो उसने गाड़ी का ए.सी. चला दिया। हल्की हल्की ठंडी हवा और मस्त मस्त संगीत और गानां तुलसी को बहुत ही भा रहा था। दिल करता था कि ऐसे ही सफर चलता रहे और कभी न खत्म हो।

लगभग आधे घंटे के बाद वो झील के पास पहुंच गए। वहाँ पार्किंग में गाड़ी लगा कर दोनों गाड़ी से नीचे उतर आए। साथ में ही गेट से अन्दर झील की तरफ बढ़ गए। सच में बड़ा ही मनमोहक दृश्य था। अचानक बादल भी घिर आए थे। ठंडी ठंडी हवा चल रही थी। मौसम बहुत ही खुशगवार हो गया था और सामने झील और उसके पीछे एक छोटी सी पहाड़ी हरे भरे पौधों से भरी पड़ी

थी। झील के चारों तरफ पैदल चलने के लिए छोटी सड़क बनाई हुई थी। झील के किनारे किनारे अमलतास के सुनहरी रंग के फूलों से लदे हुए पेड़ थे। जिनकी परछाई झील के पानी में बहुत ही मनमोहक लग रही थी। ऐसे लग रहा था जैसे सोने का पानी घोल कर झील में मिला दिया हो। पेड़ों के नीचे हरी भरी घास थी जिस पर बेपरवाह अमलतास के फूल बिखरे पड़े थे। किनारे किनारे पर क्यारियाँ थी जिनमें रंग बिरंगे फूल कुछ शरारती बच्चों की तरह झांक रहे थे। काफ़ी लोग वहाँ घूम रहे थे। रंग बिरंगी पोशाकें पहने लोग टहल रहे थे। कुझ बच्चे साथ बनी पार्क में खेल रहे थे। जबकि कुछ रोमांटिक जोड़े झील में रंग बिरंगी किश्तियों में नौका विहार का आनन्द ले रहे थे। छोटी छोटी किश्तियाँ ऐसे लग रही थीं जैसे रंग बिरंगी बत्तखें झील में तैर रही हों। तुलसी पहली बार झील पर आई थी। क्योंकि इस शहर में आए कुछ महीने ही हुए थे और बीच में वह बहन की शादी में व्यस्त रही। इतना समय ही नहीं मिला कि कभी झील पर आए। वहाँ पर अन्दर आते ही अनायास ही उसके मुंह से निकला,

"कबीर कितना सुन्दर दृश्य है। मेरा तो मन मोह लिया। इस जगह ने।" इतना कह कर उत्तेजित हो कर बेपरवाही में ही तुलसी ने कबीर की बांह पकड़ ली। कबीर के तो होश उड़ गए क्योंकि यह तो उसने कभी सोचा ही नहीं था पर यह वो अच्छी तरह समझाता था कि तुलसी ने ऐसे ही खुश हो कर उसकी बाँह पकड़ ली थी। जब तुलसी को एहसास हुआ कि उसने कबीर की बांह पकड़ ली है तो वह एक दम झिझक कर पीछे हट गई। थोड़ा सा कबीर भी झेंप गया था। बात पलटने के लिए कबीर ने कहा,

"तुलसी हम भी बोटिंग करते हैं। क्या विचार है तुम्हारा?"

"ठीक है चलते हैं।" तुलसी ने उत्तर दिया कबीर तुलसी को साथ ले कर उस जगह पर चला गया जहाँ पर किश्ती ले रहे थे। उसने वहाँ बैठे आदमी को किश्ती का किराया दिया और तुलसी को

आवाज लगाई। तुलसी भी आ गई। पहले कबीर किश्ती में बैठ गया फिर तुलसी आगे बढ़ी। किश्ती पानी में डोल रही थी तो कबीर ने अपना हाथ आगे बढ़ाया थोड़ा लजाते हुए तुलसी ने कबीर का हाथ पकड़ा और किश्ती में बैठ गई। लाल रंग की छोटी सी नाव थी और आगे से बत्तख की तरह मुंह बनाया हुआ था। कबीर के साथ वाली सीट पर तुलसी बैठ गई और कबीर पैडल मार कर किश्ती चलाने लगा। झील के बीचों बीच पहुँच कर कबीर बोला,

"तुलसी इतनी चुप क्यों हो? कुछ बात करो ना।"

"बात तो तुमने करनी थी कबीर। तुम ने कहा था कि तुम मुझे कुछ कहना चाहते हो।"......

"हाँ तुलसी बात तो मुझे ही करनी है। अपने दिल की बात। बोल दूँ?" कबीर ने कहा

"हाँ हाँ बोलो। तुलसी ने उत्तर दिया "समझ नहीं आता कहाँ से शुरु करूँ। मन ही मन कबीर फुसफुसाता।

"कुछ कहा तुमने" तुलसी ने पूछा

"नहीं नहीं कुछ नहीं।" कबीर बोला। कबीर ने पैडल मारने बंद कर दिए और किश्ती वहीं रुक गई। कबीर ने तुलसी की तरफ मुँह करके, उसका हाथ पकड़ कर कहा,

"तुलसी मैं तूम्हें बहुत बहुत प्यार करता हूँ। मेरे लिए तुम दुनिया की सबसे अच्छी और सबसे खूबसूरत लड़की हो। तुम शायद वही हो जिसे मैंने अकसर अपने सपनों में देखा है। मैंने जिस दिन पहली बार तुम्हें क्लास में देखा था मैं उसी दिन से तुम्हारी ओर खिंचता चला गया हूँ। तुम मेरे दिलों दिमाग पर ऐसी छाई हो कि मेरा खुद पर कोई ज़ोर नहीं।

तुलसी एक टक उसे देखे जा रही थी। उसे खुद विश्वास नहीं हो रहा था कि कोई किसी से इतना प्यार कैसे कर सकता था। तभी कबीर फिर बोला।

"तुलसी तुमने मेरी कविता पढ़ी?" तुलसी ने हाँ में सिर हिलाया तो कबीर फिर बोला।

"मैं एक बार खुद तुम्हारे लिए वो कविता बोलना चाहता हूँ। बोलूँ क्या?" तुलसी ने हाँ में सिर हिला दिया। तो कबीर ने कविता बोलनी शुरु की। उसे तो यह कविता ज़बानी याद थी। कबीर ने धीरे से तुलसी का हाथ अपने हाथों में लिए और उसकी आँखों में झाँक कर कविता बोलने लगा। वो धीरे धीरे हर शब्द पर ज़ोर दे दे कर पूरी कविता बोल दी। तुलसी तो जैसे गले तक उसके प्यार में डूब चुकी थी और बाहर निकलने को मन ही नहीं करता था। दिल करता था कि ये समय यहीं ठहर जाए और कबीर यूँ ही उसके लिए कविता पढ़ता रहे। अखिरी लाईनें तो कबीर ने गा कर बोली,

"दिल मेरा मेरी जाँ, हाँ हाँ यही तुलसी है"

जब तुलसी कविता समाप्त हो गई तो तुलसी ने कबीर से कहा,

"कबीर एक बात कहूँ?"

"हाँ हाँ पूछो पुछो, कुछ भी पूछो।"

कबीर बोला।

"क्या मैं सच में इतनी सुंदर हूँ जितना तुमने कविता में लिखा है।" तुलसी ने पूछा कबीर अपने दिल पर हाथ रख कर बोला "मुझे तो लगता कि मेरे शब्द तुम्हारे सौंदर्य के साथ पूरा न्याय नहीं कर सके। तुम इससे भी कहीं अधिक सुंदर हो। मेरे दिल से पूछो। झूठ बोलू तो अभी मर जाऊँ।

'न न ऐसे मत कहो। मुझे तुम पर विश्वास है। तुलसी ने कहा।

"सच तो ये है कि तू चीज़ क्या है खुद तुझे मालूम नहीं है। कह कर कबीर हंस पड़ा और झील से बाहर जाने की इच्छा प्रकट की तो तुलसी ने भी हाँ में सिर हिलाया। धीरे धीरे पैडल चलाता हुआ कबीर किश्ती को झील के किनारे तक ले आया। दोनों किश्ती के

बाहर आ गए। अब दोनों की झिझक बहुत हद तक दूर हो चुकी थी। उल्हड़ जवान दिल एक दूसरे के प्यार में डूबे जा रहे थे। किनारा नज़र नहीं आ रहा था और उससे बाहर आने का मन भी नहीं था। दोनों हाथ पकड़े चले जा रहे थे कि कबीर ने कहा।

"चलो कौफी पीते हैं और कुछ खा भी लेते हैं। थोड़ी भूख भी लग गई है।" तुलसी ने भी हाँ में सिर हिलाया तो दोनों पास बने रेस्टोरेंट की तरफ बढ़ गए। बड़ा साफ सुथरा माहौल था। कुछ मेज़ भरे हुए थे। लोग बैठे खाना आदि खा रहे थे। सामने कोने में एक मेज़ खाली था। दोनों उसी तरफ बढ़ गए। मेज़ पर बैठ कर कबीर ने एक दो स्नैक्स आर्डर किए। दोनों ने खा कर बाद में कौफी पी। फिर उठ कर चल पड़े। वापिस आने के लिए गाड़ी में बैठ गए। तुलसी को अब सब अपना अपना सा लग रहा था। रास्ते में कबीर ने गाना चला दिया

"अब चाहे माँ रूठे या बाबा,

यारा मैंने तो हाँ कर दी।"

गाना सुन कर तुलसी धीरे से मुस्कुराई और कबीर की तरफ देखा। कबीर ने धीरे से उसका हाथ पकड़ा और बोला

"जिंदगी में कभी मेरा साथ नहीं छोड़ना। तुम्हारे बिना एक कदम भी नहीं चल पाऊँगा। तुम्हें पा कर अब मांगने के लिए भगवान के पास भी कुछ नहीं बचा।" इतना कह कर उसने तुलसी का हाथ चुम लिया। तुलसी के तो जैसे पूरे बदन में बिजली का करंट दौड़ गया हो। पहली बार जीवन में किसी का इतना स्नेह भरा स्पर्श पा कर वे भी धन्य हो गई थी। उसे लग रहा था जैसे वो किसी दूसरी दुनियां में ही आ गई हो। एक ऐसी दूनियां जो स्वप्न लोक से भी सुंदर थी और परियों के देश जैसी आकर्षक थी। ऐसे ही अपने स्वप्न लोक में विचरते हुए उसका घर आ गया तो कबीर की तरफ देख कर तुलसी बोली,

"अच्छा अब मेरा घर आ गया, मैं चलती हूँ।"

"दिल तो नहीं करता कि तुम्हें जाने दूँ। पर जाना तो होगा।"

कह कर कबीर ने धीरे से तुलसी को आलिंगन में लिया और उसके बालों का चूम कर बोला

"I will miss you dear"

"Me too" तुलसी ने कहा।

इतना कह कर तुलसी गाड़ी में से उतरी और हाथ हिला कर बाय करती हुई अपने गेट के अन्दर चली गई। कबीर उसे तब तक निहारता रहा जब तक वह, उसकी आँखों से ओझल नहीं हो गई। तुलसी की चाल और उसके बाल कबीर को सबसे अलग और मनमोहक लगते थे। इसलिए जब वह उसके पीछे पीछे आया करता था। तो उसकी चाल को और उसके बालों को पीछे से निहारता रहता था।

तुलसी को अपना आप हवा से भी हल्का और फूलों से भी अधिक महकता हुआ लगा रहा था। घर के अन्दर गई तो माँ रसोई में थी। माँ बोली

"आ गई तुलसी? चाय बना रही हूँ तू भी पी लेना।"

अच्छा जी कह कर तुलसी अपने कमरे में चली गई। अपना पर्स और धूप का चष्मा रख कर शीशे में अपना आप देखने लगी। आज तो अपना आप बहुत ही सुंदर और आकर्षक लग रहा था। लग रहा था कि जैसे कबीर की कविता की एक एक पंक्ति उसी के लिए थी और हर शब्द बस उसी के अंग अंग की प्रशंसा के लिए लिखा गया था। आज तो चेहरे की चमक का कोई मुकाबला ही नहीं था। जब तक माँ ने फिर अवाज लगाई और तुलसी जल्दी से कपड़े बदल कर बाहर आ गई और माँ और पापा के साथ बैठ कर चाय पीने लगी।

उधर कबीर को भी लग रहा था कि वो अपने आपे में नहीं है। उसको सारी दुनिया ही बहुत अच्छी लग रही थी। छोटी छोटी चीज़ों में सुन्दरता ही सुन्दरता दिखाई दे रही थी। उसकी आँखों के सामने बस तुलसी का चेहरा घूम रहा था। उसकी भोली भाली, बड़ी बड़ी, काजल से भरी हुई आँखें अभी तक उसे निहार रही थी और वह मन ही मन उस पर लुटता चला जा रहा था। ऐसे ही तुलसी के ख्यालों में डूबा घर पंहुच गया। गेट खुला और गाड़ी खड़ी करके अन्दर जाने लगा तो उसकी नज़र आंगन में तुलसी पर पड़ी और उसके कदम अनायास उधर की ओर बढ़ गए। वो तुलसी के पास जा कर बोला।

"आज मेरी तुलसी मेरी हो गई मैंने तुम्हारे साथ इतनी बातें की हैं कि अब यह बताना भी बनता है ना कि मैंने अपनी तुलसी को पा लिया। अब वो मेरी हो गई, सदा के लिए। शायद तुमने मेरे मन की बात सुन ली और मेरी तुलसी को मेरी झोली में डाल दिया।

कबीर ने तुसली को बाहों में भर कर कहा,

"बहुत बहुत धन्यवाद, आपने मेरी सुन ली।"

जल्दी से वह अन्दर गया। माँ लाबी में बैठी हुई थी। माँ को खुशी से बाहों में भर कर बोला,

"माँ तुम बहुत अच्छी हो

I Just Love You"

माँ ने प्यार के साथ उसके सिर पर हाथ फेरा और बोली,

"आज बेटा बहुत खुश नज़र आ रहा है। लगता है दोस्तों के साथ मस्ती मार कर आ रहा है। आज तेरे पसंद की खीर बनाई है।"

"ओह सच्ची माँ। पर अभी आपके साथ बैठकर चाय पीऊगा। आप कृष्णा को चाय बनाने के लिए बोल दो। मैं अभी कपड़े बदल कर आया," कह कर कबीर जल्दी जल्दी सीढ़ीयाँ चढ़ने लगा। अपने

कमरे में जा कर शीशे के सामने खड़ा हो गया पर उसे तो हर तरफ तुलसी की आँखें ही दिखाई दे रही थी। कपड़े बदल कर नीचे आकर माँ के पास बैठ गया। जब तक चाय आ गई। दोनों माँ बेटा चाय पीने लगे और बड़े प्यार से अपने बेटे को निहार रही थी। तभी कबीर के पापा भी आ गए। वो भी उनके पास ही बैठ गए और कृष्णा को चाय बनाने के लिए बोल दिया। कृष्णा चाय बना कर ले आया तो वो कबीर से बोले,

"बेटा पढ़ाई कैसी चल रही है।"

"अच्छी चल रही है पापा अगले महीने पेपर हैं। देखना इस बार भी मैं फर्सट ही आऊँगा।" कबीर ने कहा। "हाँ हाँ फर्सट तो तू आएगा ही। मुझे यकीन है। पर मैं चाहता हूँ कि बी.ए. पूरी करने के बाद तू भी मेरे साथ अपनी फैक्टरी में आना शुरू कर देना। मुझे भी सहारा हो जाएगा।" कबीर के पापा ने कहा। "वे तो ठीक है पर पापा मैं तो आगे और पढ़ना चाहता हूँ। एम.ए. करूँगा।" कबीर ने उत्तर दिया।

"बेटा संभालनी तो तूने फैक्टरी ही है। क्या करोगे इतना पढ़ कर, इतनी मेहनत कर के? उसके पापा ने कहा।

तभी माँ बीच में बोली,

"अजी अगर बेटा और पढ़ना चाहता है तो उसे और दो साल मौज मस्ती करने दो फिर तो सारी जिम्मेवारी इस पर डाल कर हम तीर्थ यात्रा करेंगे।"

"चलो ठीक है जो माँ बेटे की इच्छा। अब मैं कैसे टाल सकता हूँ।" चाय का खाली कप रख कर कबीर के पापा हंसते हुए अपने कमरे में चले गए।

अब कालेज में कबीर और तुलसी खुल कर बात करते। क्लास में पास पास ही बैठते। जब भी मिलते हाथ मिलाते। हंसते, मुस्कारते और खुब बातें करते। अब पेपर पास आ गए थे। दोनों

खूब दिल लगा कर पढ़ते थे। कभी कभी फोन पर एक दूसरे से बात भी कर लेते। कभी बाईक पर और कभी कार में घूमने भी चले जाते थे। कबीर अपने बनाए नोटस भी उसे पढ़ने के लिए दे देता था। पेपर हो गए और पेपर के बाद छुट्टियाँ हो गई। इसलिए अब दोनों का मिलना भी नहीं होता था। दोनों ही मिलने को बेकरार थे। फोन आया तो तुलसी ने फोन उठाया। आगे से आवाज़ आई,

"हैलो, कौन बोल रहा है।"

"मैं तुलसी आप कौन?" तुलसी ने कहा

"ओए मैं कबीर।" आगे से आवाज आई। कबीर की आवाज़ सुन कर तो तुलसी का दिल ज़ोर ज़ोर से धड़कनें लगा। जब तुलसी कुछ नहीं बोली तो कबीर ने कहा।

"कैसी हो? बहुत याद आ रही थी। मैंने सोचा फोन कर के देख लेता हूँ। अगर किस्मत अच्छी होगी तो तू उठा लेगी। अब देख मेरी किस्मत कितनी अच्छी है। है ना?"

तुलसी ने बस हूँ में उत्तर दिया। ऐसे अचानक कबीर का फोन आने पर वो थोड़ी घबरा गई थी और इधर उधर देख रही थी कि माँ न सुनले।

कबीर फिर बोला,

"अच्छा कल मिलने आ सकती है। कहीं घूमने चलते हैं।"

"ओ. के." तुलसी ने कहा

"कल 11 बजे आ जाना, वहीं जहाँ हम मिलते थे।

मैं तुम्हें वहीं मिलूँगा।" कबीर ने कहा।

"ठीक है, अब फोन रखो। कल मिलते हैं।" तुलसी ने कह कर जल्दी से फोन रख दिया।

अगले दिन तैयार हो कर तुलसी उसी जगह यानि अपने घर के पास बस स्टाप पर 11 बजे पहुँच गई। कबीर पहले ही अपने

लाल रंग की मोटर साईकल पर खड़ा था। न तुलसी रति से कम लग रही थी और न ही कबीर कामदेव से कम लग रहा था। तुलसी कबीर के पास आई। दोनों ने बड़ी गर्मजोशी से हाथ मिलाए, हल्के से आलिंगन के बाद कबीर ने बाईक स्टांट किया और तुलसी उसके पीछे बैठ गई कबीर बोला,

"कहाँ चलोगे हजूर।"

"जहाँ दिल करता ले चलो" तुलसी ने कहा

"सुनो वो जो दशहरा ग्रांउड है न वहाँ पर बड़ा अच्छा मेला लगा है। वहाँ चलते हैं। खूब इंजाव करेंगे।"

"ठीक है वहीं पर चलते हैं।" तुलसी ने उत्तर दिया।

अब तो कबीर का बाईक हवा से बातें करने लगा। तुलसी ने कबीर का कन्धा दबाते हुए कहा,

"इतनी तेज़ मत चलाओ। मुझे डर लगता है।"

"अरे डरने की क्या बात है? मेरे साथ रह कर डरना नहीं क्योंकि मेरे जितनी तेज़ और सुरक्षित बाईक कोई चला ही नहीं सकता। मेरे साथ रह कर तेरा डर भी चला जाएगा।"

कबीर ने ऐसा कहते हुए बाईक और तेज़ कर दी। तुलसी ने डर कर कबीर को कसकर पकड़ लिया। ज्यों ही तुलसी ने उसे पकड़ा कबीर हल्के से मुस्कुराया और धीरे से बोला,

"बस यूँ ही डरती रहो मेरी जान। मैं तुम्हें कभी गिरने नहीं दूँगा।"

बाईक इतनी तेज़ थी और तुलसी इतनी डरी हुई थी कि उसे कुछ सुनाई नहीं दिया।

ज्लदी ही वो दोनों दशहरा ग्रांउड पहुंच गए। कबीर ने बाईक खड़ी की, दो टिकट लीं और तुलसी का हाथ पकड़ कर अन्दर मेले में ले गया।

अन्दर का नज़ारा देखने वाला था। बहुत भीड़ थी। रंग बिरंगी पोशाकों में लोग आए हुए थे। कहीं एक तरफ झूले लगे थे तो एक तरफ हस्त कला की चीज़ों के स्टाल लगे थे। एक तरफ खाने पीने का सामान था तो एक तरफ पहने ओढ़ने का। एक जगह एक कठपुतली वाला कठपुतली का खेल दिखा रहा था। वहाँ पर काफ़ी भीड़ थी। वो दोनों भी वहीं जा खड़े हुए। कठपुतली नाच रही थी और गाना लगा हुआ था,

'पीया तोसे नैना लागे रे,

जाने क्या हो अब आगे रे।"

तुलसी उसे देख कर बहुत खुश हा रही थी। उसके बाद दोनों झूले में बैठे। फिर कुछ खाया पीया उसके बाद एक स्टाल पर पहुँचे वहाँ पर माला, चुड़ी, झुमका और बहुत कुछ था। कबीर ने तुलसी से पूछा,

"ओए, तुलसी, कुछ पसंद है तो ले लो। तुम्हारे मतलब का सामान है। तुलसी वहीं खड़ी एक धागे वाली ब्रेसलैट देख रही थी। वह लड़का उसी समय बनाकर दे रहा था। धागे में अपनी पसंद के मोती डलवा कर दो ब्रेसलैट बनवा ली। फिर कबीर की तरफ मुँह करके बोली।

"अपना हाथ आगे को करो।"

कबीर ने अपना हाथ आगे बढ़ाया तो तुलसी ने उसे वो ब्रेसलैट पहना दी जिस में चौकोर काले रंग के मोती थे और बीच में अंग्रेजी का 'T' अक्षर था। दूसरी ब्रेसलैट जिसमें 'K' अक्षर था वो कबीर को देते हुए बोली,

"लो ये मुझे पहना दो।"

कबीर ने वो ब्रेसलैट तुलसी को पहना दी। उस पर धीरे से हाथ फेरती हुई तुलसी ने कबीर से कहा,

"यह ब्रेसलैट को तो मैं मर कर भी अपने से अलग नहीं करूँगी। तुम भी सदा पहने रखना। हमेशा एक दूसरे के पास होने का एहसास बना रहेगा।"

कबीर ने तुलसी का हाथ पकड़ कर वादा किया। वहीं पर एक फोटोग्राफर का स्टाल भी था। वह फोटो खींच कर उसी समय दे देता था। दोनों उसके पास चले गए। और उसे दोनों की एक फोटो खींचने को बोला। उसने दोनों को खड़े करके उनका अच्छा सा पोज बनाया। फिर दोनों में ब्रेसलैट वाले हाथ आगे करके फोटो खिंचवाई और कबीर ने कहा,

"भैया दो कापी बना देना। हम अभी लेते हैं।"

इतना कह कर दोनों आगे घूमने चले गए। वहीं पर बैठने के लिए बैंच बने हुए थे। दोनों बैंच पर बैठ कर बाते करने लगे। कबीर ने कहा

"तुलसी अब कुछ दिनों में रिजलट आ जाएगा। फिर आगे क्या करने का इरादा है।"

"मैं सोच रही हूँ अब एम.ए. करूँगी। तुम्हारा क्या विचार है? तुलसी ने कबीर से पुछा। "पापा तो कहते हैं कि बी.ए. करके मेरे साथ फैक्टरी में आ जाओ पर मैं अभी और पढ़ना चाहता हूँ मुझे लगता मम्मी पापा को मना लेगी। ऐसे करते हैं हम देानो एक ही विषय पर एम.ए. करते हैं। तुम्हें कौन सा विषय सबसे अच्छा लगता है?

कबीर ने पूछा।

"मुझे तो इतिहास बहुत अच्छा लगता है। दोनों इसी विषय में एम.ए. करेगें।"

तुलसी ने उत्तर दिया।

"ठीक है। इसी बात पर मिलाओं हाथ।" कबीर के कहने पर दोनों हंस दिए और हाथ मिला लिए। फिर दोनों उठे और फोटोग्राफर

से फोटो ली, दोनो ने एक एक कापी अपने पास रखी और मेले से बाहर निकल आए। बाईक पे सवार हो कर घर कर ओर चल पड़े और कबीर ने तुलसी को वहीं उसके घर के पास लाकर छोड़ दिया और तुलसी अपने घर चली गई।

वो दिन भी आ गया जब रिज़ल्ट निकला। सभी बच्चे अपना अपना रिज़ल्ट देख रहे थे। कबीर फिर कालेज में प्रथम आया था और तुलसी भी अच्छे नं. ले कर पास हो गई। दोनों बहुत खुश थे। दोनों के नतीजे अपनी-2 इच्छाअनुसार ही थे। दोनों कॉलेज से बाहर आ गए तो तुलसी बोली।

"तुम कॉलेज में प्रथम आए हो। अब पार्टी तो बनती है। चलो काफी पीने चलते हैं।"

"ठीक है, बैठो बाईक पर अभी चलते हैं।"

दोनों बाईक पर बैठ कर काफी हाऊस चले गए। दोनों ने काफी और पेस्ट्री आडर की। साथ साथ दोनों बातें कर रहे थे कबीर ने कहा,

"सोमवार को कॉलेज आना। हम दोनों एम.ए. में दाखिला ले लेंगे।"

"ठीक है" कहते कहते तुलसी ने काफी का घूंट भरा।

काफी पी कर दोनों उठ कर चले गए। कबीर ने तुलसी को उसके घर छोड़ा और खुद अपने घर आ गया घर आ कर अपने माता पिता को अपने परिणाम का बताया कि वो क्लास में प्रथम आया है। माँ बाप बहुत खुश हुए और माँ ने कहा

"बेटा शाम को मेरे साथ मन्दिर चलना। भगवान का धन्यवाद करना भी बहुत जरूरी है। हम प्रसाद चढ़ा कर आएंगे और भगवान से तुम्हारे लिए आशीर्वाद भी ले कर आएंगे।"

"ठीक है माँ, शाम को छः बजे चलते हैं।" कह कर कबीर अपने कमरे में चल गया।

शाम को लगभग 5.30 बजे कबीर अपने कमरे से बाहर निकला। सफेद रंग का कुर्ता और पायजामा पहना था। बहुत ढंग से बाल बनाए थे। बड़ी सुन्दर घड़ी पहनी थी और दूसरे हाथ में तुलसी की दी हुई बेसलेट। लैदर की चप्पल पहनी पहनी थी। और इत्र लगाया हुआ था और जैसे ही वो नीचे आया सारा कमरा सुगंध से भर गया। तभी माँ भी लाल रंग की साड़ी पहने बाहर आई तो कृष्णा को आवाज़ लगा कर कहा कि पुजा की थाली और प्रसाद का डिब्बा गाड़ी में रख दे। कबीर और उसकी माँ गाड़ी में बैठ गए और ड्राईवर गाड़ी चलाने लगा। लगभग 15-20 मिनट में वो मन्दिर पुहुंच गए। मन्दिर की सीढ़ियाँ चढ़ कर माँ ने घंटी बजाई। आगे खुला आँगन था। एक तरफ चप्पल उतारने की जगह बनी हुई थी। साथ ही हाथ धोने के लिए नल लगे थे पास ही एक फूल वाला फूल बेच रहा था। माँ ने उससे एक डोना फूल का लिया। और एक फूलों की माला ली। दोनों आंगन पार करके मन्दिर के द्वार पर पहुंच गए। वहाँ पर पहले ही एक परिवार माथा टेक रहा था। माता-पिता उठ कर खड़े हो गए थे। पर एक गुलाबी सूट वाली लड़की अभी माथा टेक रही थी। वह उठी तो पण्डित जी ने उसके सिन्दूर का टीका लगाया और आरती दी, फिर चरणामृत दिया चरणामृत पीने के बाद लड़की ने प्रसाद ले कर जैसे ही मुंह घुमाया तो कबीर तो सन्न रह गया। क्योंकि गुलाबी सूट पहने माथे पर सिन्दुर का बड़ा सारा टीका लगाए, दुपट्टे से सिर ढके हुए, संगमरमर की मूर्ती की तरह तुलसी खड़ी थी। तुलसी की आँखें अभी झूकी हुई थी इसलिए उसने कबीर को नहीं देखा था। कबीर ने कहा,

"तुलसी तुम यहाँ?"

तुलसी भी एक दम से कबीर को सामने देख कर सकपका सी गई। पर संभलते हुए बोली,

"हाँ मम्मी पापा के साथ माथा टेकने आई हूँ। अभी बाहर गए हैं। तुम माथा टेक लो फिर मिलाती हूँ।"

कह कर तुलसी अपना दुपट्टा संभालते हुए मन्दिर से बाहर आ गई। जब तक कबीर की माँ पण्डित जी से बात कर रही थी। इसलिए उसने तुलसी को देखा नहीं। फिर कबीर ने भी बड़ी श्रद्धा के साथ वहाँ मन्दिर में माथा टेका। टीका लगवाया, चरणामृत ग्रहण किया और प्रसाद ले कर माँ के साथ बाहर आ गया। मन्दिर की परम्परा थी कि माथा टेकने के बाद सभी भक्त कुछ देर आंगन में बने बैंच पर बैठ कर जाते थे तभी मन्दिर में हाज़री लगी मानी जाती थी। जब कबीर और उसकी माँ बाहर आए तो तुलसी और उसके माता पिता बाहर बैंच पर बैठे थे, जैसे ही कबीर और उसकी माँ बाहर आंगन में उनके पास आए तो तुलसी उठ कर खड़ी हो गई और दोनों हाथ जोड़ कर कबीर की माँ को नमस्ते की। तभी कबीर बोला,

"माँ यह तुलसी है मेरे साथ ही कॉलेज में पढ़ती है।"

माँ तो तुलसी का रंग रूप देख कर दंग रह गई ऊपर से लाल सिंदूर का टीका लगाया था और सिर दुपट्टे से ढका हुआ था। ऐसे लग रहा था कि मन्दिर में कोई मूर्ती खड़ी हो। तभी कबीर फिर बोला,

"माँ यह तुलसी, मेरे साथ ही पढ़ती है"

माँ एकदम से संभल कर बोली,

"अच्छा अच्छा बेटी कैसी हो।" कह कर उसके सिर पर हाथ फेरा।

तभी तुलसी ने अपने माता पिता से कबीर का परिचय कराया। कबीर ने उन दोनों के पैर छू कर आशीर्वाद लिया। तुलसी ने अपने माता पिता को बताया कि वो दोनों एक क्लास में पढ़ते हैं और कबीर क्लास में प्रथम आया है। उसके माता पिता ने कबीर को आशीर्वाद दिया। तभी कबीर की माँ ने कहा,

"बहन जी आप कहाँ रहते हैं?"

"आदर्श नगर" तुलसी की माँ ने कहा। 'हम माडल टाऊन रहते हैं। अधिक दूर नहीं है। कभी आईए। अच्छा लगेगा।" कबीर की माँ ने कहा। अच्छा जी, अच्छा जी कह कर और नमस्ते करके तुलसी और उसके माता पिता वहाँ से चले गए और कबीर अपनी माँ के साथ कुछ देर वहीं बैंच पर बैठ गया। कुछ देर बैठ कर बातें करने के बाद वो दोनों भी उठ कर अपने घर आ गए।

घर आ कर भी माँ ने कई बार तुलसी का ज़िक्र किया। बार बार कहती बड़ी ही प्यारी बच्ची है। माँ जितनी बार तुसली का नाम लेती या उसकी तारीफ करती तो कबीर को भी बहुत अच्छा लगता था। पर वो चुप ही रहा।

सोमवार को कबीर और तुलसी दोनों कालेज गए क्योंकि एम.ए. में दाखिला लेना था। कबीर ने तुलसी को कहा,

"तुलसी मेरी मम्मी तो तुम्हारी फैन हो गई है। घर जाकर तेरी बहुत बातें कर रहीं थीं। और संयोग देखो भगवान ने हमें मन्दिर में मिला दिया,"

"हाँ, मैं भी तुम्हें एकदम अचानक वहाँ देख कर हैरान रह गई थी। पर भगवान जो करता है, भला ही करता है। तुलसी ने कहा। तभी कबीर ने पूछा,

"तुम्हारे मम्मी पापा ने मेरे बारे कुछ नहीं कहा?"

"कहा जी कहा।' तुलसी बोली।

"बताओ न प्लीज़" कबीर ने फिर पूछा।

"बस यही कह रहे थे कि बड़ा ही प्यारा और संस्कारी बच्चा है। उनको भी तुम बहुत अच्छे लगे।" तुलसी ने उत्तर दिया।

उस दिन उन दोनों ने एम.ए. इतिहास में दाखिला ले लिया। दोनों बहुत खुश थे। अभी एक सप्ताह के बाद क्लास शुरू होनी थी। दोनों अपने अपने घर चले गए पर दोनों बहुत खुश थे कि उनके

माँ बाप एक दूसरे को मिल लिए और उन दोनों को पंसद भी कर लिया। चाहे उन दोनों ने अपने अपने माता पिता से सिर्फ यही बताया था कि वो दोनों एक ही क्लास में पढ़ते हैं। इससे अधिक कुछ नहीं पर बड़ी संतुष्टी थी कि कम से कम आमना सामना तो हो गया। वो भी बड़े अच्छे माहौल और धार्मिक स्थान पर।

सप्ताह भी पुरा हो गया। बीच बीच में दोनों कभी कभी फोन पर बात कर लेते थे। वो दिन भी आ गया जिस दिन एम.ए. की क्लास शुरू होनी थी। अधिक बच्चे तो पिछली कक्षा के ही थे पर कुछ बच्चे अन्य कालेजों से भी आए थे। पहले दिन तो बच्चों और अध्यापकों की जान पहचान में निकल गया। तुलसी और कबीर भी सबसे मिले फिर दोनों कैंटीन में चाय पीने चले गए। अब उनकी दोस्ती की ख़बर सब सहपाठियों को पता था। दोनों जब भी मिलते तो एक दूसरे के साथ ब्रेसलैट वाले हाथ मिलाते। रोज कुछ देर कैंटीन में बैठ कर चाय पीनी और बातें करनी ये आम बात थी। चढ़ती जवानी, हद की सुन्दरता और पहले पहले प्यार का सरूर सिर चढ़कर बोलता था। एक दूसरे में पूरा जहान नज़र आता था और कुछ देर भी अगर एक नहीं दिखता तो अंधेरा छा जाता। एक दूसरे के प्यार में सिर तक डूबे हुए थे। एक वो सप्ताह के बाद दोनों घूमने चले जाते। कभी कार में तो कभी बाईक पर। आने वाले दिनों के सतरंगी सपने आँखों में तैरते थे। ये दिन भी बड़े अजीब होते हैं। दोनों की अपनी एक अलग दुनिया थी जिसमें वो रात दिन रहते। ऐसे ही एक दिन कबीर ने तुलसी से कहा,

"इस रविवार झील पर घूमने चलते है। बहुत देर हो गई झील पर नहीं गए।"

"ठीक है। आज कल अमलतास भी फूलों से भरे होंगे और क्यारियाँ भी लदी पड़ी होंगी फूलों से। यही तो फूलों का मौसम है। तुम्हें तो पता ही है।

"I Just Love Flowers"

तुलसी ने चहकते हुए कहा

"हाँ हाँ पता है है जी इसलिए तो मैं सदा अपने फूल को फूल देता रहता हूँ। तु मेरा गुलाब है, सदाबाहर।" कबीर ने कहा।

तुलसी थोड़ा शर्मा गई और धीरे से कबीर के पेट पर एक चपत सी लगाई। कबीर ने हंसते हुए "ओह हो" कह कर अपना पेट पकड़ लिया। और फिर बोला "ठीक है कल साढ़े दस बजे पहुँच जाना। सर्दियों का मौसम है और शाम बहुत जल्दी हो जाती ही सो लेट नहीं होना।

"ठीक है मैं समय पर आ जाऊँगी।" तुलसी ने उत्तर दिया और वो दोनों अपने अपने घर चले गए।

अगले दिन रविवार था। सो कबीर ने अपने मम्मी पापा के साथ नाश्ता किया और यह कह कर बईक की चाबी ले कर चल दिया

"मम्मी मैं दोस्तों के साथ जा रहा हूँ। शाम तक वापिस आऊँगा।"

कबीर अपनी बाईक पर वहीं पहूंच गया जहाँ से वह हमेशा तुलसी को साथ लिया करता था। पर तुलसी अभी आई नहीं थी। कबीर वहाँ खड़ा इन्तज़ार कर रहा था। जब तक तुलसी भी आ गई। काली जीन्स के साथ लाल रंग का कोट पहना था। बाल खुले छोड़े थे क्योंकि कबीर को उसके खुले बाल बहुत पसंद थे। पास आकर कबीर से हाथ मिलाते हुए तुलसी ने कहा।

"हैलो कबीर"

"हैलो तो हुई पर पूरे पाँच मिनट लेट हो। आज तो सज़ा मिलेगी।"

कबीर ने घड़ी की तरफ देखते हुए कहा।

"क्या सज़ा?" तुलसी ने पूछा

"वो बाद में बताएँगे। अभी तुम जल्दी से बैठ जाओ।" कहते हुए कबीर ने अपने कोट के बटन बंद किए। तुलसी झट से कबीर के पीछे बैठ गई और दोनों हाथ उसके कन्धों पर रख लिए। कबीर ने अपना बाईक स्टार्ट की और हवा से बाते करने लगा। उसे पता था कि जब वह तेज बाईक चलाता है तो तुलसी डर जाती हैं और उसे और कस के पकड़ लेती है इसलिए वो तेज़ बाईक चला रहा था। तभी तुलसी ने धीरे से उसके कान में कहा,

"प्लीज बाईक थोड़ा धीरे चलाओ मुझे सच में बहुत डर लगता है।"

"अरे क्या तुम्हें मुझ पर यकीन नहीं है। जीते जी मैं तुम्हें गिरने नहीं दूंगा। इतनी देर में तुम मुझे इतना भी नहीं समझ पाई।"

कबीर ने अपने कंधे पर रखे उसके हाथ को सहला कर कहा।

"प्लीज हाथ मत छोड़ो। दोनों हाथों से बाईक संभालो। बाईक बहुत तेज़ है।

तुलसी ने डरते डरते कहा।

कबीर ऊंचे से हंस दिया।

ऐसे ही बातें करते करते वो झील पर पहुंच गए। वहाँ बाईक पार्क करने के बाद वो दोनों अन्दर चले गए। अन्दर झील का नज़ारा सच में मन को मोह लेने वाला था। एक तो सर्दियों की गर्म नर्म धूप उस पर सामने गहरी शांत झील जिसके इर्द गिर्द अमलतास के पेड़ फूलों से लदे पड़े थे और हल्की से हवा के झोंके से फूलों की बरसात हो जाती, क्यारियाँ भी रंग बिरंगे फूलों से लदी पड़ी थी। पूरी झील के इर्द गिर्द पैदल चलने का रास्ता था और उसके साथ साथ ही क्यारियों में जैसे रंग बिरंगे फूलों की चादर बिछी हुई थी। तुलसी तो जैसे खो सी गई थी। दोनों एक दूसरे का हाथ पकड़े झील की तरफ जा रहे थे। तभी तुलसी ने कहा,

"कबीर, वाह क्या नज़ारा है। यहाँ लाने के लिए धन्यवाद।"

कबीर ने धीरे से उसके कंधे पर हाथ रख कर उसे अपने साथ लगा लिया और बोला,

"I Love you dear"

तभी तुलसी ने उसकी ओर देखते हुए कहा,

"आज वो सामने पहाड़ी पर चलें।

ऊपर से नज़ारा बहुत अच्छा लगेगा।"

"ठीक है, चलते हैं मैं सामने रैस्टोरैंट से पानी की बोतल और कुछ खाने को लेकर आता हूँ। तुम यहीं मेरा इन्तज़ार करो।"

इतना कह कर बकीर रैस्टोरैंट की ओर चल दिया। कुछ ही देर में हाथ में एक लिफाफा लेकर वापिस आ गया जिसमें पानी की बोतल, चिप्स और बिस्कुट थे। कबीर को पता था कि तुलसी को प्यास बहुत लगती है फिर पहाड़ी से नीचे आ कर पानी लाना मुश्किल होता इसलिए वो पूरा प्रबंध कर के ही चला था। दोनों चलते चलते झील के उस पार, पहाड़ी के पास आ पहुंचे, पहाड़ी के ऊपर भी हरे हरे भरे पेड़ लगे हुए थे। दोनों धीरे धीरे, हाथ पकड़े हुए, पहाड़ी वर चढ़ने लगे। बातें करते करते वो कब पहाड़ी के ऊपर पहुंच गए पता ही नहीं चला। एक पेड़ के नीचे जा कर बैठ गए। तुलसी ने कबीर से बोतल ले कर पानी पिया और नीचे देख कर दंग रह गई। ऊपर से क्या झील का नज़ारा दिख रहा था। अब अमलतास के पेड़ों को ऊपर से देखने का जो आनन्द था वो नीचे कहाँ? तुलसी ने कस कर कबीर की बाँह पकड़ ली और बोली,

"कबीर देखो क्या नज़ारा है? ऊपर से अमलतास के पेड़, सुनहरी फूलों से लदे, कितने अच्छे लग रहे है। और वो रंग बिरंगी किश्तियाँ जो झील में तैर रही हैं। ऊपर से तुम्हारा साथ। अब और कुछ नहीं चाहिए।"

"सच तुलसी, जब से तुम मेरे जीवन में आई हो, मुझे भी लग रहा है कि और अब भगवान से क्या माँगू?" कबीर ने तुलसी से कहा और उसे आलिंगनबद्ध कर लिया। तुलसी ने यह तो कभी सोचा नहीं था पर अपने प्रेमी का अलिंगन उसे भी आन्दित कर रहा था और दिल करता था कि कभी इससे बाहर न आए। तभी कबीर ने पहले उसका माथा चूमा, फिर गाल और फिर एक गर्म और नर्म चुम्बन उसके होठों पर दिया। तुलसी एक दम कबीर के प्यार में डूब चुकी थी उसने भी कबीर को कस कर पकड़ा हुआ था। पर जैसे ही कबीर ने उसके होंठ चूमे वह एकदम से पीछे हट गई। तभी कबीर को भी लगा कि शायद कुछ वो हो गया जो नहीं करना चाहिए था। और वो डर गया था कि कहीं तुलसी नाराज़ न हो जाए क्योंकि तुलसी को वो किसी कीमत पर भी नाराज़ नहीं करना चाहता था। तुलसी एक दम छटक कर उसके आलिंगन से बाहर आ गई और उसकी तरफ पीठ करके कुछ दूर जा कर खड़ी हो गई। अब कबीर को लगा कि तुलसी नाराज़ हो गई थी और उसे कुछ नहीं सूझ रहा था कि वो तुलसी के साथ कैसे बात शुरू करे। वो भी तुलसी के पीछे जा कर खड़ा हो गया। हिम्मत करके वह बोला,

"तुलसी प्लीज़ मेरी बात सुनो।"

तुलसी कुछ नहीं बोली बस न में सिर हिला दिया। तुलसी को लग रहा था कि कुछ गलती उसकी भी है। क्योंकि कबीर का आलिंगन तो उसे भी इतना अच्छा लगा था कि कुछ देर वो मंत्र मुग्ध सी उसके सीने से लगी रही। क्योंकि अगर कबीर तुलसी से बहुत प्यार करता था तो तुलसी भी कबीर से कोई कम प्रेम नहीं करती थी। अगर कबीर को डर था कि वो कहीं तुलसी को खो न दे तो कबीर को खोने का डर तुलसी को भी रहता था। तभी पीछे से तुलसी के दोनों कंधे पकड़ कर कबीर ने कहा,

"तुलसी क्या तुम्हें मुझ पर विश्वास नहीं है? मै तो जीवन भर के लिए सिर्फ तुम्हारा हूँ, मरते दम तक।" तभी तुलसी ने उसकी तरफ मुंह करके उत्तर दिया,

"कबीर विश्वास तो तुम पर मुझे खुद से भी अधिक है। तुम एक जन्म की बात करते हो मैने तो हर जन्म तुम्हारे नाम लिख दिया है। मरने के बाद भी तुम्हारी रहूँगी और अगर फिर जन्म मिलता है तो भी तुम्हारी ही रहूँगी"

कबीर ने फिर पूछा

"फिर नाराज़ क्यों हो गई"

"क्योंकि मेरा मानना है कि हमें एक दूसरे के हो जाने के बाद भी मर्यादा रेखा को पार नहीं करना है। अपना दोनों का रिश्ता इस रेखा के अन्दर ही सीमित रहेगा। बाकी अब तो लगता है कि शायद भगवान भी हमें अलग न कर पाए" तुलसी ने उत्तर दिया।

तभी हाथ आगे बढ़ा कर तुलसी का हाथ थामते हुए कबीर बोला,

"ठीक है, वादा रहा, हम अपनी मर्यादा रेखा कभी नहीं पार करेंगे। बाकी एम.ए. पूरी करने के बाद शादी कर लेगें। एक बात और बताऊँ।"

हाँ हाँ बताओ" सहज होते हुए तुलसी बोली। "मुझे नही लगता कि हमारे घर वालों को हमारी शादी से कोई एतराज़ होगा। पता मेरे मम्मी ने जब से तुम्हें देखा है तब से कई बार तुम्हारे बारे में पूछती रहती है। सदा कहती है। कि बड़ी प्यारी संस्कारी बच्ची है। मम्मी का दिल तो तूने जीत लिया है। आशा करता हूँ मैं भी तुम्हारे मम्मी पापा को पसंद आ जाऊँगा" कबीर ने तुलसी से कहा।

"हाँ हाँ मेरे घर वालों को भी कोई एतराज नहीं होगा। ऐसे ही लगता है। और तुम्हारे जैसा दामाद उन्हें ढूंढने से भी नहीं मिलेगा।"

कह कर तुलसी हंस पड़ी।

दोनों हंसते हंसते एक दूसरे का हाथ पकड़े पहाड़ी से नीचे उतरने लगे। 4.30 हो चुके थे। सर्दियों के दिन थे और सूरज जल्दी छिप जाता था। पांच साढ़े पांच बजे अन्धेरा हो जाता था। लगभग आधा घण्टा उन्हें पहाड़ी से नीचे आने में लगा। ठण्ड बढ़ गई थी और नीचे झील के पास भी कम लोग रह गए थे। झील के इर्द गिर्द चारों तरफ लाईटें लगी हुई थी जो जल उठी थीं और झील के पानी में पड़ रही परछाई बड़ी मोहक लग रही थी। तभी कबीर ने कहा,

"ठण्ड बहुत हो गई, एक एक कप चाय का पी कर चलते हैं।"

"वो तो ठीक है पर अन्धेरा हो रहा है। बाईक पे जाना है। हमें अब यहाँ से निकलना चाहिए"

तुलसी ने उत्तर दिया।

कबीर ने दो तीन बार बोल कर तुलसी को चाय के लिए मना लिया। दोनों रैस्टोरैंट में बैठ कर चाय पी रहे थे। जब वो बाहर आए तो अन्धेरा हो चुका था। दोनों अपने बाईक की तरफ बढ़ गए। कबीर ने बाईक स्टार्ट किया और तुलसी उसके पीछे बैठ गई। तुलसी ने अपने दोनों हाथ उसके कन्धों पर रखे हुए थे। कबीर ने हैलमेट पहनी हुई थी सो उसके मुंह और सिर पर ठण्डी हवा नहीं लग रही थी जबकि तुलसी को ठण्डी हवा लग रही थी और उसके बाल भी हवा में उड़ रहे थे।

रास्ते में कबीर को शरारत सूझी। उसने अपने कोट के बटन खोल दिए और तुलसी से बोला,

"तुलसी मेरे कोट के बटन खुल गए। ठण्ड बहुत लग रही है। प्लीज तुम बंद कर दो। अब बाईक क्या रोकना यूँ ही पांच सात मिनट खराब होगें।"

अच्छा कह कर तुलसी ने उसके पीछे से अपने दोनों हाथ आगे उसके पेट के पास किए। पीछे से तुलसी अब कबीर के साथ सट

गई थी। कबीर तुलसी के स्पर्श से बहुत आन्दित हो रहा था। तभी जैसे ही तुलसी ने पीछे से उसके कोट के बटन बंद करने शुरू किए कबीर ने बाईक और तेज़ कर दिया। तुसली तेज़ रफतार से पहले ही बहुत डरती थी और ऊपर से अन्धेरा गहरा चुका था। जैसे ही तुलसी ने अखिरी बटन बंद किया कबीर एक हाथ से उसका हाथ पकड़ लिया। तभी तुलसी बोली,

"बाईक बहुत तेज़ है, मुझे डर लगा रहा है प्लीज बाईक दोनों हाथों से संभालो।"

"एक क्या हम तो दोनों हाथों से तुम्हारा हाथ पकड़ कर भी बाईक चला सकते हैं।"

कह कर कबीर ने दूसरा हाथ भी छोड़ कर तुलसी का हाथ पकड़ लिया? क्योंकि बाईक बहुत तेज़ था इसलिए संतुलन बिगड़ने में देरी नहीं लगी। बाईक एक दम से एक ट्रक से जा टकाराया। कबीर सड़क की एक ओर गिर गया। और तुलसी सड़क की दूसरी ओर। वहाँ पर लोगों की भीड़ इकट्ठी हो गई। दोनों बेहोश पड़े थे। कबीर को काफी चोटें आई थीं और तुलसी भी खून से लथपथ थी? लोग एक दूसरे से पूछ रहे थे कि कोई जानता है कि किसके बच्चे हैं। पर वहाँ पर कोई उन्हें पहचान नहीं पा रहा था कुछ भले लोगों ने उन दोनों को हस्पताल पहुंचाया। हस्पताल वालों ने पुलिस को फोन कर दिया क्योंकि एक्सीडैंट का केस था। दोनों को एमेरजैंसी में ले जाया गया। चोट दोनों को बहुत लगी पर तुलसी के सिर पर चोट आने के कारण उसकी हालत गंभीर बनी हुई थी। कबीर ने हैलमेट पहनी थी इसलिए उसके सिर का बचाव हो गया था पर टागों पर चोट लगी थी।

पुलिस ने बाईक का नं. देख कर कबीर के घर का पता और फोन नं. पता किया फिर उनके घर फोन किया और बताया कि उनके बेटे का एक्सीडैंट हो गया है और वह 'सत्यम' हस्पताल में है। फोन उसके पापा ने उठाया था। ऐक्सीडैंट का सुन कर तो उनके

पाँव के नीचे से जैसे ज़मीन ही खिसक गई हो। वो उसकी मम्मी को साथ ले कर हस्पताल पहुँच गए। वहा जा कर देखा तो कबीर को काफी चोट लगी थी और उसका इलाज चल रहा था। तभी डाक्टर साहिब ने उनसे पुछा,

"क्या आप इस लड़की को जानते हैं? यह आपके बेटे के साथ ही बाईक पर थी। इसको तो होश भी नहीं है क्योंकि सिर पर काफी गहरी चोट लगी है।"

उसे देख कर कबीर की मम्मी की तो चीख निकल गई और वो बोली,

"ये तुलसी है। कबीर के साथ ही पढ़ती है। एक बार हमें मन्दिर में मिली थी।"

"चलो अब किसी से इसके माँ बाप का पता लगाते हैं और उनको भी खबर करते हैं। लड़की के घर वाले भी चिन्ता करते होंगे।

तभी कबीर के पापा ने कबीर के एक दोस्त को फोन करके तुसली के घर का फोन नं. पता किया और फिर तुलसी के घर फोन कर के ऐक्सीडैंट की खबर दी। तुलसी के घर तो भगदड मच गई क्योंकि उसके मम्मी पापा तो पहले ही तुलसी को ढूंढ रहे थे। रात बहुत हो चुकी थी और तुलसी अभी घर वापिस नहीं आई थी। क्योंकि ऐसे तो कभी हुआ नहीं था तुलसी समय पर वापिस न आए। उसकी माँ का तो रो रो कर बुरा हाल हो गया था। वो दोनों हस्पताल पहुंच गए। अपनी बच्ची को इस हाल में देखा नहीं जा रहा था। तभी डाक्टर साहिब बाहर आए तो तुलसी के पापा ने उत्सुकता से उन्हें पूछा,

"क्या हाल है हमारी बेटी का? क्या हम उससे मिल सकते हैं?"

"हाल तो ठीक नहीं है। सिर पर बहुत चोट लगी है। होश में नहीं है। बड़ी नाज़ुक हालत है। बस भगवान से प्रार्थना करें। इतनी चोट लगने के बाद भी वो जिन्दा है, यह भी एक करिश्मा ही है।

अभी आप नहीं मिल सकते। आप जा कर हास्पिटल के फार्म आदि भर दें। अभी तक पता नहीं था कि इस बच्ची का नाम और पता क्या है?"

कह कर डाक्टर साहिब वहाँ से चले गए।

तुलसी के पापा ने फार्म भरा और जो भी पैसे जमा करवाने थे करवाए। तुलसी की माँ तो आँखे बंद करके बस भगवान से अपनी बच्ची की ज़िंदगी की दुआएं कर रही थी। तभी कबीर के मम्मी पापा भी वहाँ आ गए। कबीर के पापा ने तुलसी के पापा से कहा,

"भाई साहिब दोनों बच्चे बहुत बुरी तरह घायल हुए हैं। बस अब तो भगवान से यही प्रार्थना है कि भगवान इन दोनों की ज़िदंगी सलामत रखे। बच्चों के बिना माँ बाप की क्या जिंदगी है? भगवान दोनों बच्चों को सलामत रखे।"

कहते कहते उनकी आँखें भर आईं।

कबीर उनकी इकलौती औलाद थी। बड़े लाड़ से पाला था। बेटा जवान हो रहा है, यह देख देख कर वो खुश होते थे कि जल्दी वो भी अपने पापा के साथ फैक्टरी में आ जाएगा तो उनका काम भी हल्का हो जाएगा। पर कबीर ने ज़िद की कि उसे आगे और पढ़ना है, एम.ए. करनी है तो वो भी मान गए। चलो दो साल और मौज कर ले, फिर बाद में तो सारी जिम्मेवारी कबीर को ही देनी थी। पर उन्हें यह नहीं पता था कि एक एक्सीडैंट उनका जीवन हिला देगा।

दोनों बच्चें के माता पिता सारी रात वहाँ हास्पिटल में कमरों के बाहर बैठे बस भगवान से अपने बच्चों की ज़िंदगी की भीख माँग रहे थे। रात बीत गई पर बच्चों के बारे में अभी कुछ पता नहीं चल रहा था। तभी कबीर के पापा सबके लिए चाय ले कर आ गए। उन्होने तुलसी के माता पिता को चाय दी तो उसकी मम्मी बोली,

"नहीं भई साहिब चाय रहने दो, मन ही नहीं करता।"

"बहन जी सारी रात आप भी यहीं कुर्सी पर बैठी रहीं हैं। अगर आप बीमार हो गई तो तुलसी क्या कहेगी कि मेरी माँ का किसी ने ध्यान नहीं रखा।

प्लीज आप चाय का एक कप ले लो अच्छा लगेगा।

कहते हुए कबीर के पापा ने चाय का एक कप तुलसी की मम्मी को दे दिया और एक उसके पापा ने ले लिया और एक अपनी पत्नी को दे दिया। चारों चाय पीने लगे तो कबीर के पापा ने चुप्पी तोड़ी,

"बहन जी तुलसी हमारी भी बेटी है। बच्चों ने हमें बताया नहीं। नहीं तो हम लोग एक दुसरे से पहले मिल लेते अब दोनों को ठीक होने दो सबसे पहले इनकी सगाई कर देंगे और फिर जल्दी ही हम अपनी बिटिया को अपने घर ले आएंगे।"

कबीर के पापा की इस बात पर सभी मुस्कुरा दिए। तभी डाक्टर साहिब आए और उन्होंने बताया कि कबीर अब ठीक है और आप लोग उससे मिल सकते हो। इस पर कबीर के पापा ने कहा,

"और तुलसी बिटिया कैसी है? उससे हम कब मिल सकते हैं?"

"तुलसी को अभी होश नहीं आया है। उसके सिर में अधिक चोट लगी है। हम अपनी पूरी कोशिश कर रहे हैं। बाकी आप भगवान से प्रार्थना कीजिए।"

कह कर डाक्टर साहिब वहाँ से चले गए। तुलसी के माता पिता और कबीर के माता पिता सभी कबीर को देखने के लिए चले गए।

कबीर बिस्तर पर लेटा हुआ था। उसकी दोनों टाँगों पर पलस्तर लगा हुआ था। बाकी उसके सिर पर कोई चोट नहीं थी। एक दो खरोंच के निशान दाईं बाजू पर थे। बाकी वो होश में था। उसने हाथ जोड़ कर तुलसी के माता पिता को प्रणाम किया और उत्साकता से पूछा,

"पापा तुलसी कैसी है? वो ठीक तो है?"

"तुलसी को भी काफी चोट लगी है। पर जल्द ठीक हो जाएगी।"

कबीर के पापा ने उत्तर दिया।

"एक बार मुझे तुलसी से मिलना है। प्लीज़ पापा एक बार मुझे तुलसी के पास ले चलो, देख लूंगा तो तसल्ली हो जाएगी कि वो ठीक है।" कबीर ने अपने पापा से कहा तो उसके पापा ने कबीर को समझाया,

"बेटा तू कुछ ठीक हो जा, अभी वैसे भी डाक्टर ने तुलसी से मिलने की अनुमति नहीं दी। अभी तक उसके मम्मी पापा ने भी उसे नहीं देखा। जैसे ही उसको मिलने की अनुमति देगें मैं खुद तुम्हें तुलसी से मिलने के लिए ले जाऊँगा।"

"ठीक है" कह कर कबीर ने हाँ में सिर हिलाया। और बिस्तर पर लेट गया।

तुलसी के माता पिता भी वहाँ से चले गए। डाक्टर ने उन्हें बोला भी कि आप चाहें तो अपने घर जा सकते हो, जैसे ही तुलसी को होश आएगा। हम आप को फोन कर देंगे। पर तुलसी की माँ तो वहाँ से हिलने को तैयार नहीं थी। जैसे तैसे तुलसी के पिता उसकी माँ को मना कर यह कह कर घर ले गए कि वो नहाकर कपड़े बदल कर और खाना खा कर वापिस आ जाए।

दो तीन घंटे के बाद तुलसी के माँ और पापा फिर हस्पताल पहुंच गए। उन्होंने फिर डाक्टर से पूछा कि उनकी बेटी का क्या हाल है? डाक्टर ने उनको बताया कि अभी हालत गंभीर ही है। जब तक होश नहीं आ जाता हम कुछ नहीं कह सकते। बस अब भगवान से प्रार्थना ही कर सकते है कि वो मेहरबानी करे और तुलसी को होश आ जाए।

ऐसे ही दो दिन और दो रात बीत गए। तुलसी की माँ रात दिन भगवान से अपनी बच्ची की जान की दुआएं मांगती रही।

तुलसी के सिर में इतनी चोट आई थी कि पूरा सिर खुल गया था। डाक्टर भी हैरान थे कि इतनी चोट लगने के बाद भी वो जिन्दा कैसे बच गई। चाहे उसे अभी होश नहीं आया था फिर भी डाक्टर उसे बचाने की पूरी कोशिश कर रहे थे। होश में आने के बाद भी तुलसी सामान्य जीवन जी पाएगी, इसका भी पुरा भरोसा नहीं था। फिर भी डाक्टर तो आखिरी सांस तक आस रखते हैं। यह तुलसी के केस में हो रहा था। इलाज चल रहा था, आस बंधी थी और लगातार भगवान से प्रार्थना हो रही थी।

तीसरे दिन शाम का समय था। तुलसी की माँ व पिता जी अभी घर से लौटे थे। ICU के बाहर ही कुर्सी पर बैठे थे क्योंकि अन्दर जाने की इजाजत नहीं थी। रात दिन वहीं बैठे रहते थे। तभी डाक्टर साहिब ने आ कर बताया कि "तुलसी को थोड़ थोड़ा होश आया है। आप लोग अन्दर आ कर उसे देख सकते हैं।"

तुलसी की माँ और पापा जल्दी जल्दी डाक्टर साहिब के पीछे पीछे कमरे में दाखिल हुए। तुलसी के पूरे सिर पर पट्टियाँ बंधी थी। बस उसके चेहरे पर उसके होंठ, नाक व आंखे दिखाई दे रही थी। उसे पहचानना भी मुश्किल था क्योंकि पूरा मुंह सूजा हुआ था, उसको देख कर तुलसी की माँ की चीख निकल गई। पास आकर उसका हाथ पकड़ कर बोली,

'बेटा मैं तुम्हारी मम्मी, तुम्हारे पापा भी आए हैं। कैसी हो बिटिया?"

कहते कहते तुलसी की माँ की आँखों से आँसुओं की धारा बह रही थी। बैठी बैठी वो तुलसी के हाथ को सहला रही थी। तुलसी के पापा ने भी झुक कर उसे देखा। तुलसी जैसे कुछ कहने की कोशिश कर रही थी। तभी तुलसी ने अपना ब्रैसलेट वाला हाथ उठाया। पर उनको कुछ समझ नहीं आ रहा था। तभी तुलसी की मम्मी फिर बोली,

"बेटा क्या कहने की कोशिश कर रही हो। हमें कुछ समझ नहीं आ रहा तभी लगा कि तुलसी ने कुछ फुसफुसाया। हाँ हाँ बेटा क्या कहा?"

तुलसी की माँ ने पूछा।

तभी तुलसी बोली, 'कबीर'

"कबीर बिलकुल ठीक है।"

माँ ने उत्तर दिया।

तभी तुलसी ने फिर कहा "कबीर।" और उसकी आँखों में आँसू आ गए। तभी वहा जो डाक्टर साहिब खड़े थे उन्होंने कहा,

"आप कबीर को बुला दो। ऐसे लगता है कि तुलसी कबीर को कुछ कहना चाहती है।"

तभी तुलसी के पापा भाग कर कबीर के कमरे में गए। वहाँ कबीर के मम्मी पापा भी थे और कबीर बिस्तर पर लेटा उनसे बात कर रहा था। तुलसी के पापा को देख कर कबीर के पापा ने कहा,

"क्या हाल है अब तुलसी का?" "हाल क्या? थोड़ी सी होश आई है और कबीर को बुला रही है। डाक्टर साहिब ने कहा कि कबीर को यहाँ ले आओ। क्या बेटा तुम तुलसी के कमरे तक जा सकते हो?"

कबीर ने कहा,

"हाँ हाँ" और अपने पापा की तरफ देख कर बोला,

"पापा प्लीज मुझे तुलसी के पास ले चलो, प्लीज पापा"

कह कर कबीर रोने लगा। उसकी दोनों टांगों को प्लस्तर लगा था सो वो उठ नहीं पा रहा था। तभी कबीर के पापा Ward-Boy को ले कर आए जो व्हीलचेयर ले कर आया। फिर उन्होंने कबीर को उठा कर व्हीलचेयर पर बिठा दिया। कबीर के पापा व्हीलचेयर को तुलसी के पास ले गए। कबीर को देख कर तुलसी की आँखों से

आँसुओं की धार बहने लगी। उसकी हालात बहुत नाज़ुक थी। कबीर ने तुलसी का हाथ पकड़ कर कहा,

"तुलसी तुम जल्दी ठीक हो जाओगी और मैं तुम्हें बहुत जल्दी अपने घर ले आऊँगा और हम हमेशा साथ रहेंगे।"

तुलसी के आँसु रूक नहीं रहे थे। तुलसी ने अपना दूसरा हाथ जिसमें 'K' अक्षर वाला ब्रैसलेट पहना था, उठा कर कबीर के हाथ पर रख दया। और बड़ी हिम्मत कर के बोली,

"कबीर, मैं वापिस आऊँगी, तुम मेरा इन्तजार करना।" इतना कह कर तुलसी की आँखें बन्द हो गई। शरीर ढीला पड़ गया। जितने यंत्र उसके शरीर के साथ जुड़े थे सब रूक गए। कबीर ने तुलसी के हाथों को हिलाया और बोला,

"तुलसी, तुलसी कुछ बोलो, कुछ तो बोलो प्लीज।"

और कबीर ऊँची ऊँची रोने लगा। उसे जल्दी से कमरे के बाहर ले जाया गया। तुलसी की माँ बेहोश हो गई थी। उसे भी एक बैड पर लिटा कर इजैंकंशन लगा दिया। तुलसी के पापा का रो रो कर बुरा हाल था और वो बस तुलसी को आवाज़ लगा रहे थे और कह रहे थे,

तुलसी बेटा, आँखें खोलो। एक बार आँखें खोलो, तुम हमेशा मेरा कहा मानती हो। आज क्यों नहीं सुन रही।

कहते कहते तुलसी के पापा उसके बिस्तर पर बैठ गए। डाक्टर साहिब ने उन्हें उठा कर कहा,

"तुलसी अब जा चुकी है। हमें बहुत अफसोस है कि हम उसे बचा नहीं पाए। शायद उसकी साँसें बस कबीर को मिलने के लिए ही रुकी हुई थी। मैंने अपने जीवन में ऐसे नहीं देखा कि सिर में इतनी चोट लगने के बाद भी कोई बच जाए। सिर पूरा खुला हुआ था। हमने आपरेशन करके ठीक करने की कोशिश की। हमें लगा

कि शायद यह भगवान का करिश्मा ही था जो तुलसी की जान बच गई। पर अब लग रहा है कि उसके प्राण बस कबीर को मिलने के लिए ही अटके थे।"

कह कर डाक्टर साहिब कमरे से बाहर चले गए। कबीर के पापा तुलसी के पापा को संभाल रहे थे। उन्हें पता था कि बच्चे को खोने का दर्द क्या होता है पर फिर भी उनको सांत्वना देने की कोशिश कर रहे थे। उधर तुलसी की माँ भी बेहोश पड़ी थी।

इधर कबीर का हाल बहुत बुरा था। चीख चीख चीख कर तुलसी को आवाज़ लगा रहा था। उसकी दोनों टाँगें अभी चल नहीं रहीं थीं। वो बिस्तर पर हाथ पटक पटक कर रो रहा था। तभी वहाँ पर डाक्टर साहिब आ गए जो कबीर का इलाज कर रहे थे। उनके कहने पर नर्स ने कबीर को टीका लगा दिया। जिससे वो शांत हो कर सो गया। पर नींद में भी वो तुलसी को आवाज़ लगा रहा। अन्दर ही अन्दर उसे अपराध बोध खाए जा रहा था। उसे लग रहा था कि तुलसी की मौत का उत्तरदायी वही है। क्योंकि तेज़ रफ्तार बाईक पर उसने हाथ छोड़ दिए थे। उसका दिल कर रहा था कि वो भी तुलसी के साथ ही मर जाए। पर मरने वाले के साथ कभी मरा नहीं जाता। उसका दुःख असहनीय था।

तुलसी के माता पिता तुलसी के मृत शरीर को घर ले गए। अगले दिन अन्तिम संस्कार होना था। कबीर जाने की ज़िद कर रहा था जबकि उसके माँ बाप उसे मना कर रहे थे क्योंकि उसकी दोनों टांगों पर पलस्तर लगा हुआ था। पर कबीर की ज़िद के आगे वो झुक गए। उसे व्हीलचेयर पर बिठा के ले जाया गया। तुलसी के अन्तिम संस्कार की तैयारी चल रही थी। कबीर भी पास ही व्हीलचेयर पर बैठा था। आँखों में अविरल अश्रुधारा बह रही थी। तभी तुलसी का मृत शरीर लकड़ियों पर रखा गया। उसके दोनों हाथ सामने उसके पेट पर रखे हुए थे। बांए हाथ में अभी भी वह ब्रेसलैट पहनी हुई थी। कबीर अपने आप से बोला,

"तुलसी तू अपना वादा निभा गई। बोलती थी कि आखिरी साँस तक यह ब्रेसलैट अपने से अलग नहीं करूँगी। और मैं भी जीते जी यह ब्रेसलैट अपने से अलग नहीं करूँगा। अब अपना अन्तिम वादा भी निभाना। तुमने कहा था मैं वापिस आऊँगी। मैं इन्तज़ार करूँगा। तुम आना जरूर।"

अपनी आँखों को पोंछते हुए उसने देखा कि तुलसी की चिता को आग लग चुकी है और उसकी तुलसी का शरीर धू धू करके जल रहा है।

क्लास के लगभग सभी बच्चे तुलसी के अन्तिम संस्कार में आए हुए थे। सभी की आँखे आँसुओं से नम थीं। तुलसी की माँ का बुरा हाल था और तुलसी की बड़ी बहिन उनको संभालने की कोशिश कर रही थी। कबीर तो ऐसे बैठा था जैसे उसका सब कुछ लुट गया हो। वो बार बार अपने हाथ में पड़ी ब्रेसलैट को देखता और तुलसी की जलती हुई चिता को देखता अपने आँसुओं को पोंछता।

सब अपने अपने घरों को चले गए। कबीर भी अपने घर वापिस आ गया। उसके मम्मी पापा उसकी बहुत देख रेख कर रहे थे। मम्मी तो रात को उसके कमरे में ही सोती। कुछ दिन बाद कबीर का पलस्तर खुल गया वो चलने फिरने लगा। समय बीत रहा था पर उसका दुःख कम नहीं हो रहा था। तुलसी ऐसे ही उसकी आँखों के सामने घुमती रहती। वो कई बार तुलसी के पौधे के पास जाता, जी भर कर रोता और जी भर कर बातें करता। रोज़ सुबह उठकर तुलसी के पौधे के पास जाना, उसको छूना उससे बातें करना उसका नित्य का काम था। वहाँ जा कर उसे बहुत सकून मिलता, और उसे लगता जैसे तुलसी उसकी बाते सुन रही हो।

लगभग एक मास तक वो कालेज नहीं गया। वो लाख कोशिश करने के बाद भी सदमे से बाहर नहीं आ रहा था। तब उसके पापा ने सलाह दी कि पढ़ाई छोड़ दे और उनके साथ फैक्टरी में बैठे। इससे उसका मन काम में लगेगा और अपना गम दूर करने में भी

सहायता मिलेगी। पर कबीर ने मना कर दिया। उसने कालेज जाना शुरू कर दिया। क्लास में, कैंटीन में, लाइब्रेरी में हर जगह तुलसी बैठी दिखती। पर वो धीरे धीरे अपने आप को इस गम से उबारने की कोशिश कर रहा था। कभी कभी वो तुलसी के मम्मी पापा से भी मिलने चला जाता। उनको भी अच्छा लगता। वो अक्सर उनको कहता।,

"मुझे अपना बेटा ही समझिए। कभी कोई मेरे लायक सेवा हो तो बेझिझक कहिए।"

तुलसी के मम्मी पापा को मिलना कबीर को भी बहुत अच्छा लगता था और तुलसी के माता पिता भी उसे उपने बच्चे की तरह ही प्यार करते थे।

धीरे धीरे जिन्दगी आगे चलने लगी। कबीर की एम. ए. कर पढ़ाई पूरी हो गई। वो अपनी क्लास में प्रथम आया था। उसके पापा ने कहा,

"कबीर बेटा अब तुम्हारी पढ़ाई पूरी हो गई है। अब तुम मेरे साथ फैक्टरी में आ जाओ। मैं भी काम कर के थक गया हूँ। मुझे भी थोड़ा आराम मिल जाएगा।"

"पापा मैं आपसे कुछ कहना चाहता हूँ अगर आप बुरा न माने तो"।

कबीर बोला।

"हाँ, हाँ बेटा कहो, क्या कहना चाहते हो?" पापा ने पूछा

"पापा मैं अपने ही कॉलेज में प्रोफैसर की नौकरी करना चाहता हूँ। वहाँ बच्चों में रह कर मेरा मन भी लगा रहेगा। फैक्टरी में काम करने को मेरा मन नहीं है। आशा करता हूँ, आप मुझे समझेंगे।"

कबीर के पापा ने अच्छा कहा और वहां से चले गए। उनकी बहुत इच्छा थी कि उनका बेटा उनकी फैक्टरी संभाले। पर बेटे की इच्छा के आगे उन्हें चुप रहना ही ठीक लगा।

कबीर के नं. बहुत अच्छे थे सो उसे उसी कालेज में प्रोफैसर की नौकरी मिल गई। कबीर खुश था कि अब हर रोज़ कालेज जाएगा तुलसी जो उसके दिल और दिमाग पे छाई हुई थी, उसकी याद को वहाँ हर रोज़ ताज़ा करेगा। उसके साथ बिताए हुए पल हर रोज़ दोबारा जी लेगा। तुलसी के आखिरी शब्द उसके कानों में गूंजते रहते,

"मैं वापिस आऊँगी, तुम मेरा इन्तज़ार करना।"

वो सदा सोचता कि किस रूप में तुलसी वापिस आएगी। वो उसे पहचानेगा कैसे। कभी कभी तो जब वह अपने घर तुलसी के पौधे के साथ बातें करता होता और जब पौधा हवा के साथ लहलाता तो उसे लगता कि तुलसी भी यहीं कहीं पौधे के आस पास खड़ी उसकी बातें सुन रही है और हंस रही है। कबीर को लगता कि ये हवाएँ उसके मन की बात तुलसी तक पहुंचा रही है। कभी कभी तो उसे अपने कन्धों पर तुलसी का स्पर्श महसूस होता जैसे वो बाईक पर उसके कन्धों पर हाथ रख कर बैठती थी। उसके उड़ते हुए बालों की खुशबु अभी तक उसके इर्द गिर्द थी। उसकी हंसी की आवाज अकसर उसके कानों में गूंजती रहती। पर जब उसे याद आता कि तुलसी कैसे तेज रफ्तार बाईक पर डरती थी और उसे कस के पकड़ लेती थी। वो अपना सिर पकड़ कर बहुत रोता जब उसे याद आता कि उसकी पल भर की गल्ती ने उसकी तुलसी को उससे सदा के लिए जुदा कर दिया। अब बस सारी उम्र का पछतावा और इन्तज़ार! इन्तज़ार एक मरे हुए इनसान का जब कि लोग कहते हैं कि मरने वाले कभी वापिस नहीं आते पर कबीर के कानों में अकसर तुलसी के शब्द गुंजते रहते,

"मैं वापिस आऊँगी, तुम मेरा इन्तज़ार करना।"

कबीर को नौकरी करते हुए कई साल हो चुके थे। अब कबीर के लिए अच्छे घरों से अच्छी व सुंदर लड़कियों के रिश्ते आने शुरू हो गए। कबीर की माँ का बहुत मन था कि बेटा शादी करे,

बहु घर आए और पोते पोती का मुँह देखे। वो अकसर कबीर को समझाने की कोशिश करती कि वो शादी कर ले और तुलसी को भूलाने की कोशिश करे। तुलसी के जाने का दुःख कबीर की माँ को भी था पर अपने बेटे को भी अकेला देख कर मन दुःखी होता कबीर के सभी दोस्तों की शादी हो चुकी थी। पर कबीर सदा यह कह कर टाल देता,

"माँ मैं अभी तुलसी को नहीं भूल पाया। अगर मैं शादी करता हूँ तो मैं उस लड़की से प्यार नहीं कर सकूंगा। मैं किसी के साथ भी अन्याय नहीं कर सकता। वैसे भी मुझे यकीन है कि तुलसी अपना वादा निभाएगी। माँ वो जरूर वापिस आएगी। बस यह मेरे इन्तजार का इम्तहान है। प्लीज़ मुझे समझने की कोशिश करो।"

माँ समझाने की कोशिश करती कि मरे हुए कभी वापिस नहीं आते, पर कबीर का मन नहीं मानता। माँ को बेटे के आगे झुकना पड़ता और वो चुप कर जाती।

ऐसी ही दिन बीतते गए। कबीर ने उस दिन के बाद कभी बाईक नहीं चलाई। वो कालेज में लड़के लड़कियों के साथ खुश रहता। किसी के सामने अपना दुःख प्रकट नहीं करता। कालेज में सबसे सुन्दर और जिंददिल प्रोफैसर था। कविता लिखने का शौक उसे पहले भी था और अब भी वो कविता लिखता और गाना भी बहुत अच्छा गाता। सब विधार्थीयो में और विशेषकर लड़कियों में उसे बहुत पंसद किया जाता। लड़कियाँ कबीर से साथ बात करने के बहाने ढूंढती। बात वो सबके साथ हंस कर करता, अपने साथ सब प्रोफैसर, आदमी और औरतें, सब के साथ बहुत अच्छे संबंध रखता पर खास दोस्ती किसी के साथ भी नहीं रखता था। दबी आवाज़ में कोई कोई उसकी प्रेम कहानी की बातें भी करता पर सब को उसके बारे में नहीं पता था। संक्षेप में कहें तो सबकी जान और सारे कालेज की शान थे प्रोफैसर कबीर।

13 दिसम्बर का दिन था जब तुलसी ने यह जहान छोड़ा और 13 दिसम्बर ही के दिन था जिस दिन एक छोटे से शहर आमीरपुर में डोगरा दम्पत्ति के घर एक कन्या का जन्म हुआ। यह बेटी उन्हें शादी के 10 साल बाद मिली। बहुत प्रार्थनाओं और आशिर्वादों के बाद उन्हें भगवान की तरफ से यह अनमोल तोहफा मिला। जब डोगरा साहिब को नर्स ने आकर बताया कि उन्हें पुत्री की प्राप्ती हुई है तो डोगरा साहिब इतने खुश हुए जैसे सारे जहान की खुशियाँ भगवान ने उनकी झोली में डाल दी हों। उन्होंने उत्सुकता वश नर्स से पूछा,

"क्या मैं बच्ची और उसकी माँ को देख सकता हूँ।"

नहीं अभी नहीं, आप लगभग एक घण्टा रूकिए। अभी बच्ची को स्नान आदि करवा कर आपको दिखाते हैं। नर्स ने उत्तर दिया।

और डोगरा साहिब ने खुश हो कर नर्स के हाथ पर 500 रु. का नोट रख दिया। उनकी उत्सुकता बढ़ रही थी। अब यह घंटा इन्तज़ार करना भी मुश्किल लग रहा था। अपनी बच्ची को गोद में उठाने के लिए बहुत बेकरार थे। शादी के दस वर्ष बाद पिता बनने का सुख मिला था और यह खुशी वो बयान नहीं कर सकते थे। उन्होंने हस्पताल से ही खुशी खुशी फोन करके अपने भाई बन्धु व सुसराल वालों को यह खुशखबरी दी। वो दोबरा पहीं कोरीडोर में आ कर बैठ गए और अपनी बेटी की झलक पाने का इन्तजार करने लगे।

तभी नर्स ने आकर कहा,

"मि. डोगरा आप अन्दर आकर अपनी बेटा और पत्नि से मिल सकते हैं।"

नर्स क इतना कहना था कि डोगरा साहिब जल्दी से उठकर अन्दर चले गए। खुशी के मारे झूम रहे थे। बड़े प्यार से अपनी पत्नि को आलिंगन बद्ध करते हुए बोले,

"कुसुम भगवान ने हमारी सुन ली और हमें माता पिता बना दिया।" उसकी पत्नी के खुशी के मारे आसूँ निकल आए। तभी नर्स ने एक प्यारी सी बच्ची डोगरा साहिब की बाहों में ला कर थमा दी। डोगरा साहिब एकटक प्रेम से अपनी नन्हीं सी गुड़िया को देखे जा रहे थे। तो अपनी पत्नि से बोले,

"कुसुम देखा हमारी बच्ची कितनी प्यारी है। संगमरमर की गुड़िया लग रही है। मुझे इतना बड़ा तोहफा देने के लिए बहुत बहुत धन्यवाद।"

कह कर उन्होंने कुसुम का माथा चूम लिया। फिर अपनी गुड़िया के नन्हें मुन्हें हाथ पैर देखने लगे। बड़े प्यार से अपनी बेटी का माथा चुमा और कुसुम के पास ही बिस्तर पर लिटा दिया। बड़े प्यार से बिटिया को देखते हुए बोले,

"कुसुम हमारी बेटी बहुत प्यारी और बहुत सुंदर है। हम दोनों से अधिक सुन्दर। इतना गोरा, सफेद, संगमरमर जैसा रंग पता नहीं किस पर गया। ना तुम इतनी गोरी हो और न मैं। शायद जो तूने अपने कमरे में एक सुन्दर सी बच्ची की फोटो लगा रखी थी, ये उसी पर गई है।"

इतना कह कर डोगरा साहिब मुस्कुरा दिए। कुसुम भी धीरे से मुस्कुरा कर, बच्ची के सिर पर हाथ फेरती हुई बोली,

"आप ठीक बोल रहे हैं, उसी फोटो जैसी बच्ची ही लग रही है। इसका नाम क्या रखेंगे?"

इसका नाम तो इसकी नानी ही रखेगी क्योंकि नानी की दुआओं और मन्नतों से ही भगवान ने हमारी झोली भरी है। मैंने उनको फोन कर दिया है। कल सुबह वो पहुंच जाएंगी। साथ में गुड़िया के मामा भी आएँगे। डोगरा साहिब ने कहा।

तीन दिन बाद हस्पताल से छूट्टी मिल गई और बच्ची को घर लाया गया। सारा घर फूलों और गुलाबी और सफेद रंग के गुब्बारों

से सजाया गया। ढोल की थाप पर बिटिया को लेकर डोगरा साहिब ने अपनी पत्नि के साथ घर में प्रवेश किया। नन्हीं सी तीन दिन की गुड़िया मुंह में हाथ डाले, मोटी, मोटी आँखों से इधर उधर झांक रही थी और डोगरा साहिब अपनी बिटिया को बुला रहे थे।

जब बिटिया 13 दिन की हुई तो घर में हवन का अयोजन किया गया और उसी दिन बिटिया का नामकरण भी होना था। सभी रिश्तेदारों को और अपने सगे सम्बधियों को बुलाया गया। हवन सम्पन्न हुआ तो पण्डित जी ने कहा,

"बच्ची का नामकरण करना है। आप बच्ची का नाम बताईए उसे सिन्दूर और केसर के साथ लिखना है और बच्ची के कान में उसका नाम बोलना है।"

तभी डोगरा साहिब अपनी सास की तरफ देख कर बोले,

"गुड़िया का नाम तो उसकी नानी ही रखेगी। अम्मा जी आप बोलिए क्या नाम रखना है।"

तभी नानी बोली,

"गुड़िया के पैदा होने से पहले कुसुम ने कृष्ण जी की बहुत पुजा की है। इसलिए गुड़िया का नाम भी वही रखूंगी जो कृष्ण की प्रिया है। आप को पता है तुलसी को कृष्ण प्रिया भी बोलते हैं और इसका एक नाम वृंदा भी है। मैं तो अपनी नातिन का नाम वृंदा ही रखूंगी।"

"तो फिर ठीक है, आज से हमारी प्यारी गुड़िया का नाम वृंदा है। पण्डित जी आप लिखिए 'वृंदा'।"

डोगरा साहिब बोले।

पण्डित जी ने पहले 'वृंदा' नाम लिखा फिर बच्ची के कान में उसका नाम बोला। बच्ची माँ की गोद में लेटी हुई एकटक अपनी माँ को देख रही थी। माँ मन ही मन अपनी बिटिया पर बलिहारी

जा रही थी। प्यार से उसका माथा चुम लिया। जब पण्डित जी ने कहा कि आज से बच्ची 'वृंदा' नाम से जानी जाएगी। सभी ने तालियाँ बजाईं और एक आवाज में बोले

"वृंदा"

सभी रिश्तेदार और मित्रगण खाना खाने के बाद अपने अपने घरों को चले गए। नानी भी कई दिनों से आई हुई थी सो शाम को वो भी अपने घर चली गई। अब घर में रह गए माता, पिता और 'वृंदा'।

अब चाव चाव में ही लाडली वृंदा बड़ी होने लगी। पहले बैठने लगी फिर चलने लगी। तोतली आवाज़ में माँ और पापा बोलने लगी, माँ बाप दोनों की बहुत लाडली, इकलौती संतान थी। माँ जब भी उसके कपड़े बदलती या उसको नहलाती तो उसकी बाजू पर बना हुआ 'K' देखती तो उसकी बाईं बाजू पर अन्दर की तरफ बना था और गोल चूड़ी जैसा निशान भी था। माँ अकसर हंस कर कहती,

"भगवान को पता था कि इसकी माँ का नाम कुसुम है इसलिए इसके हाथ पर 'K' बना कर ही भेजा है। ऐसे लगता है जैसे गोल चूड़ी में 'K' अक्षर डाल कर पहना हो।

वृंदा धीरे धीरे बड़ी होने लगी। माँ बाप की आँखों का तारा थी। अब स्कूल जाने लगी थी। शहर के सबसे अच्छे स्कूल में दाखिल करवा दिया। पढ़ाई में बहुत अच्छी थी। जितनी प्यारी सुरत थी उतनी ही प्यारी बातें करती थी। लगभग 10 वर्ष की आयु थी और एक दिन अपनी कापी पर एक कविता लिख कर अपनी माँ को दिखाई

बैठे बैठे निगाह उठी उठ कर टकराई,

झुक गए चारों नयन, नयन पर पलक गिराई,

हो गई धड़कन तेज़ बदन में कंपन आई

हाथ काँपने लगे, रही न सुध बुध काई।

ऐसे ही लगभग छः सात पैरे सुना दिए और बोली,

"माँ यह कविता मेरे दिमाग में गूजंती रहती है। कभी कभी सोते सोते सपने में भी मुझे सुनाई देती है। माँ ने कहा,

"कोई बात नहीं बिटिया, मेरी बेटी ने तो इतनी छोटी उमर में इतनी सुंदर और इतनी लम्बी कविता लिख डाली। बहुत ही अच्छी है।"

माँ ने देखा कि कभी कभी वृंदा इस कविता की पंक्तियाँ गुनगुनाती है। ऐसे ही दिन बीतते गए और वृंदा बड़ी होती गई बड़ी हो कर बहुत ही प्यारी, सुंदर और सौम्य लड़की बन गई। जो कोई देखता बस देखता ही रह जाता। अब वृंदा ने स्कूल समाप्त कर लिया था और वो कालेज में पढ़ रही थी। माँ बाप को बहुत शौक था अपनी बेटी को पढ़ाने का। एक दिन कालेज में क्लास में अध्यापक बच्चों से गाना सुन रहे थे तो किसी ने वृंदा से कहा कि वो भी गाना सुनाए। थोड़ा न नुकर करने के बाद उसने वही कविता गा कर सुना दी जो बचपन से उसके दिलो दिमाग में छाई हुई थी। उसके अध्यापक को बहुत पंसद आई और जब वृंदा ने यह बताया कि यह उसी ने लिखी है तो वो और हैरान हो गए। थोड़े ही दिनों के बाद "यूथ फैस्टीवल" था तो अध्यापक ने कहा कि वो बोल कर वृंदा का गाना भी रखवा देंगे। उनके कहने पर वृंदा को उस कमरे में बुलाया गया जहाँ पर 'यूथ फैस्टीवल में भाग लेने वाले विद्यार्थी रिहर्सल करते थे। वहाँ प्रोफैसर कपूर उस सब की देख रेख कर रहे थे और उनके नीचे ही सभी अपनी अपनी तैयारी कर रहे थे। तभी वृंदा के प्रोफैसर उसे लेकर उसी कमरे में आए और प्रोफैसर कपूर को उसका गाना सुनने को कहा। वो वृंदा को म्यूज़िक रूम में ले गए। वहाँ उन्होंने और म्यूज़िक टीचर ने उसका गाना सुना और उनको बहुत पंसद आया। तो उन्होंने उसका गाना भी यूथ फैस्टीवल में हिस्सा लेने के लिये चुन लिया। जब वृंदा की माँ को पता चला

कि वृंदा ने यूथ फैस्टीवल में हिस्सा लिया है, पहले तो वो खुश हो गई पर यह सोच कर घबरा गई कि तीन दिन उसके दूसरे शहर में, दूसरे कालेज में जाना पड़ेगा। दरअसल वृंदा के माता पिता ने उसे कभी अपने से अलग नहीं किया था। कभी नानी या बुआ के पास भी रहने नहीं भेजा था। जहाँ भी जाते साथ ही ले जाते और मिल कर वापिस चले आते पर अब तो वृंदा को बाकी कालेज के बच्चों के साथ जाना था और तीन दिन वहीं रहना था। वृंदा के माता पिता बहुत घबरा रहे थे पर जैसे तैसे वृंदा ने उन्हे मना लिया था या यूँ कहो कि वृंदा की ज़िद के आगे वो झुक गए और वृंदा अपने बाकी सहपाठियों के साथ यूथ फैस्टीवल में हिस्सा लेने के लिए चली गई। वहाँ पर सबको उसका गाना बहुत पंसद आया था पर वहीं के प्रोफैसर कबीर ने यह गाना अपनी प्रेमिका के लिए कभी लिखा था जो अब इस दुनिया में नहीं है। ये कैसे हो गया था कि वही गाना इस यूथ फैस्टीवल की स्टेज पर एक अनजान लड़की गा रही थी और कह रही थी कि यह गाना उसने लिखा है।

❖

वृंदा बेहोश थी और बाहर उसके माता पिता और कबीर सारी रात उसके होश में आने का इन्तज़ार करते रहे। कबीर की आँखों के आगे तुलसी के साथ बिताया हुआ एक एक पल घूम रहा था। तुलसी के कहे हुए अन्तिम शब्द बार बार उसके कानों में गूंज रहे थे,

"मै वापिस आऊँगी, मेरा इन्तज़ार करना।"

और साथ ही तुलसी की बेबस और लाचार आँखे उसके सामने बार बार आ रही थीं। वृंदा ने उसे पहचान लिया था, पर कैसे? वो तो कभी वृंदा से मिला ही नहीं। उसे लग रहा था कि तुलसी ने अपना वादा निभाया और वृंदा के रूप में वो उसे मिलने दोबारा आई

है। इस रूप में उसे पहचान भी लिया था। वो अकसर भगवान से शिकायत करता था कि उसने उसकी तुलसी को इतनी जल्दी क्यों अपने पास बुला लिया पर आज उसका भगवान का धन्यवाद करने को मन कर रहा कि उसने उसकी तुलसी को दोबारा भेज दिया। पर साथ साथ ही वो भगवान से कह रहा था कि वो दोबारा, उसे खोना नहीं चाहता इसलिए वृंदा का होश में आना बहुत जरूरी था। ऐसे ही प्रार्थना करते करते सुबह हो गई। सभी एक टक दरवाज़े की तरफ देख रहे थे कि कब कोई डाक्टर बाहर आए और उनको वृंदा के बारे में कुछ बताए। तभी दरवाजा खुला और डाक्टर साहिब बाहर आए। सभी उठ कर उनके पास आ गए और वृंदा का हाल पूछने लगे। डाक्टर साहिब ने बताया

"अच्छी बात यह है कि वृंदा को होश आ गई है। आप में से कोई मिलना चाहता है तो मिल सकते हैं।"

कबीर जल्दी से आगे बड़ा तो वृंदा के पापा ने उसकी बाँह पकड़ ली और बोले,

"प्लीज आप अंदर मत जाओ। पता नहीं पहले भी आप को देख कर मेरी बेटी क्यों बेहोश हो गई ? आपने उसे डांटा होगा या कुछ कहा होगा। मुझे यही बताया गया है कि जो गाना उसने गाया वो आप कहते हैं कि आपने लिखा है पर मेरी बेटी तो 6 या 7 साल की थी जब से वो इसे गुनगुना रही है। खैर आप का गाना है तो आप ही रखिए मैं उससे बोल दूंगा कि वो दोबारा यह गाना न गाए। मुझे मेरी बेटी से अधिक कुछ भी प्यारा नहीं है। अब आपको मैं अंदर नहीं जाने दे सकता। बड़ी मुश्किल से उसे होश आया है। मैं नहीं चाहता कि आप को देख कर उसे फिर कुछ हो जाए। प्लीज़ आप अंदर मत आओ। मैं हाथ जोड़ता हूँ।"

कह कर वृंदा के पापा उसकी मम्मी को लेकर अंदर कमरे में चले गए। वृंदा आँखे वंद कर के लेटी हुई थी। बाल बिखरे हुए थे

और रात रात में ही चेहरा बहुत उतरा हुआ लग रहा था। वृंदा की माँ ने अपनी बेटी के सिर पर हाथ फेरा और बोली

"वृंदा, बेटी कैसी हो। तबीयत ठीक है न? अब कैसी हो?"

वृंदा जो आँखें बंद करके लेटी हुई थी बैठकर थोड़ा दूर सरकते हुए बोली,

"कौन हैं आप? मेरे मम्मी पापा कहाँ हैं? और कबीर नहीं आया क्या? आप मुझे वृंदा क्यों कह रहे हैं?"

वृंदा के मम्मी पापा हैरान हो गए थे कि उनकी बेटी उन्हें ही नहीं पहचान रही। ये हो क्या गया उनकी बेटी को। मन्नत मांग मांग कर, भगवान से प्रार्थना कर कर के और कितने दरबारों में माथा रगड़ने के बाद बेटी मिली थी। बहुत ही लाडली और जान से प्यारी बेटी जो शुक्ल पक्ष के चन्द्रमा के समान बढ़ रही थी। कितनी सुन्दर और कितनी प्यारी। जिसे देख देख कर वो जीते थे, आज उनको पहचानने से इन्कार कर रही है। माँ की विचार तंत्रा तब टूटी जब वृंदा फिर बोली,

"आप लोग कौन हो और बता क्यों नहीं रहे कि कबीर कहाँ हैं और वो ठीक तो है। हमारा ऐक्सीडैंट हो गया था, मैं तो ठीक हूँ पर कबीर कैसा है। प्लीज मुझे बताओ।"

"कबीर ठीक है, कुछ नहीं हुआ उसे" वृंदा की माँ ने कहा।

वृंदा के पापा तो सिर पकड़ कर बैठे थे। उन्हें कुछ नहीं सूझ रहा था। पता पहीं क्या हो गया था उनकी बेटी को। वो उस घड़ी को पछता रहे थे जब उन्होंने अपनी बेटी को यूथ फैस्टीवल में जाने की अनुमति दी थी। पता नहीं भगवान का यह कौन सा खेल था कि उनकी अपनी बेटी उन्हें पहचानने से इन्कार कर रही थी।

तभी कमरे में से शोर की आवाजें आने लगी। वृंदा ऊँची ऊँची चीख रही थी। वो बार बार बस एक ही गुहार लगाए जा रही थी,

"कबीर को बुलाओ, मेरे मम्मी पापा को बुलाओ। मुझे छोड़ो, जाने दो मैं अपने आप उनको ढूंढ लूंगी।"

ऐसे बोलते बोलते वो ग्लूकोज की नली अपनी बाजु में से निकालने लगी। वो बहुत बेचैन हो रही थी। उसकी बेचैनी देख कर नर्स ने डाक्टर साहिब को बुला लिया। उन्होंने नर्स को एक इंजैक्शन लगाने को कहा। 1 नर्स जैसे ही इंजैक्शन दिया, वृंदा एक दम से सो गई। वो बेसुध सी लेटी हुई थी और उसकी माँ रोए जा रही थी। तभी उसके पापा ने डाक्टर साहिब से पूछा,

"डाक्टर साहिब हमारी बेटी को हुआ क्या है। ये ऐसे क्यों चिल्ला रही है और हमें पहचानने से इन्कार क्यों कर रही है। जबकि इसे हमने ही पाला है और ये हमारी इकलौती संतान है।"

"देखो मि. डोगरा, मैं आपकी बात भली भांति समझता हुआ और आपका दर्द और चिन्ता भी। मुझे लगता है हमें डाक्टर सिन्हा को बुलाना होगा। वो आजकल दिल्ली में हैं। उन्हें फोन कर देंगे तो वो शाम तक पंहुच जाएंगे। वो दिमाग के सबसे बड़े मशहूर डाक्टर हैं।"

डाक्टर साहिब ने बताया।

वृंदा के पापा ने हाँ में सिर हिलाया और कहा,

"आप जितनी जल्दी हो सके डाक्टर सिन्हा को बुला लें। मुझे मेरी बेटी ठीक चाहिए। मैं आपके आगे हाथ जोड़ता हूँ।

"प्लीज आप हाथ मत जोड़िए, हम अपनी तरफ से कोई कसर नहीं छोड़ेंगे।"

डाक्टर साहिब ने उनको तसल्ली देते हुए कहा।

इतना कह कर, नर्स को कुछ समझा कर डाक्टर साहिब कमरे से बाहर चले गए। वृंदा के पापा उसकी मम्मी को चुप करा रहे थे और समझा रहे थे कि दिल्ली से जो डाक्टर सिन्हा आ रहे हैं वो

हमारी बच्ची को अवश्य ठीक कर देंगे। तुम चिन्ता ना करो। रोना नहीं, हमें वृंदा को संभालना है।

वृंदा इंजैक्शन के असर से सो गई थी। वो ऐसे व्यवहार कर रही थी जैसे वो अपनी मम्मी पापा को जानती न हो। बाहर कबीर अभी भी बैठा वृंदा को देखने का इन्तज़ार कर रहा था। उससे रहा नहीं गया तो वो अंदर कमरे में चला गया। अभी वो वृंदा के पास गया ही था कि वृंदा की मम्मी बोली,

"कबीर जी, आप प्लीज चले जाईए। पहले भी मेरी बेटी को आप से मिल कर ही कुछ हो गया था और वो बेहोश हो गई थी। अब भी जब उसे होश आया तो कबीर कबीर ही चिल्ला रही थी। हमें तो पहचान ही नहीं रही। पता नहीं कौन सी बेतुकी सी बातें करती है, कह रही थी कि आपका कोई एक्सीडेंट हो गया है और बस आपका ही हाल पूछ रही थी और रोए जा रही थी। अब बड़ी मुश्किल से इंजैक्शन देने के बाद टिकी है। सो प्लीज आप चले जाईए। कहीं फिर उठ कर रोना न शुरू कर दे।"

ऐसा कहते हुए वृंदा की मम्मी ने अपने हाथ जोड़ लिए।

"प्लीज आप हाथ न जोड़ीए। मैं यहाँ से चला जाता हूँ पर जब डाक्टर साहिब चैक अप के लिए आए तो मुझसे जरूर मिलाना। हो सकता है वृंदा के ठीक होने में मैं कुछ सहायता कर सकूँ।

कबीर ने कहा और एक बार सोई हुई वृंदा को देख कर कमरे से बाहर आ गया।

तभी धनुष अंदर आया। धनुष और वृंदा स्कूल से ही साथ साथ पढ़ रहे थे। एक ही कक्षा, एक ही स्कूल फिर एक ही कालेज। उन दोनों के माँ बाप भी एक दूसरे को जानते थे और एक दूसरे के घर आना जाना भी था। बचपन से दोनों साथ साथ खेल कर ही बड़े हुए थे। धनुष को वृंदा बहुत अच्छी लगती थी। वो वृंदा को बहुत पसंद करता था और मन ही मन उससे प्यार भी करता था। हमेशा वृंदा

के पास पास और इर्द गिर्द रहने की कोशिश करता था पर आज तक अपने प्यार का इज़हार नहीं कर पाया था। कई बार उसने सोचा कि वह वृंदा से अपने दिल की बात कह दे। बोल दे कि वह वृंदा को कितना प्यार करता है पर वह चाहते हुए भी अपने मन की बात वृंदा से नहीं कह पाया। उस दिन स्टेज के पीछे भी वह सफेद फूल ले कर वृंदा से मिलने ही गया था पर सभी बधाईयाँ दे कर चले गए और वो फूल ले कर वहीं खड़ा रह गया। अब भी उसे जब पता चला कि वृंदा बेहोश हो गई है तो उसी ने उसके माता पिता को फोन करके बुलाया था। कल का ही वो बाहर बैठा वृंदा के होश में आने का इन्तज़ार कर रहा था और भगवान से प्रार्थना कर रहा था कि वृंदा जल्दी से ठीक हो जाए। अंदर आते ही असने वृंदा की मम्मी से पूछा,

"आंटी जी अब वृंदा की तबीयत कैसी है? क्या अभी तब होश नहीं आया।"

"बेटा क्या बताऊँ, होश तो आया था पर हमें पहचान ही नहीं रही। बस कबीर को ही बुला रही है। वैसे बेटा तुम्हें कुछ पता है कि वृंदा को क्या हुआ और कैसे हुआ?"

वृंदा की मम्मी ने धनुष से पूछा। "आंटी जी मैं उस समय वहाँ तो नहीं था पर जैसे कुछ बच्चे जो वहाँ खड़े थे, उन्होंने बताया था कि कबीर सर को देख कर ही वृंदा को कुछ हो गया वो जोर से चिल्ला रही थी कि कबीर तुम कहाँ थे? बस इतना कह कर वो बेहोश हो गई। आंटी जहाँ तक मुझे पता है वृंदा कभी इस शहर में आई है या नहीं वो कभी कबीर सर से मिली है। तो पता नहीं कबीर सर को देख कर उसे क्या हो गया।"

धनुष ने वृंदा की मम्मी से कहा।

"बेटा मुझे तो बुहत चिन्ता है। बस मेरी बेटी ठीक हो जाए और हम जल्दी से इसे ले कर अपने घर जाएँ।"

वृंदा की मम्मी बोली।

फिर उन्हें सांत्वना देते हुए धनुष ने कहा,

"आंटी जी आप घबराओ नहीं, वृंदा जल्दी ठीक हो जाएगी। सभी बच्चे वृंदा के लिए प्रार्थना कर रहे हैं।"

उधर कबीर हस्पताल से सीधा अपने घर गया। कल रात का वो हस्पताल के बरामदे में बैठा हुआ था। वो पहले तो वृंदा की तुसली के साथ इतनी समानता को देख कर हैरान था कि किसी की इतनी शक्ल कैसे मिल सकती है, फिर उसको हैरानी थी कि उसकी कविता का एक एक अक्षर उसे कैसे पता था। इस कविता को लिखे हुए भी लगभग 20 साल हो गए थे और यह वही पहली कविता थी जो उसने तुलसी के लिए लिखी थी। तुलसी को भी बहुत पसंद थी और उसने इतनी बार पढ़ी थी कि उसे भी ज़ुबानी याद हो गई थी। कबीर जब भी तुलसी से मिलता तो अकसर यही कविता उसे गा कर सुनाया करता था। उसे अभी तक याद है कि जब उसने पहली बार तुलसी को यह कविता एक कागज़ पर लिख कर दी थी तो वो कितना घबराया हुआ और परेशान था कि तुलसी कहीं नाराज़ ही न हो जाए। पर उनकी प्रेम कहानी असल में शुरू ही इस कविता से हुई थी।

कबीर को पता नहीं क्यों रह रह कर यह यकीन होता जा रहा था कि उसकी तुलसी वापिस आ गई है। बार बार उसके कानों में तुलसी के आखिरी शब्द गुंज रहे थे,

"मैं वापिस आऊँगी, मेरा इन्तज़ार करना।"

क्या तुलसी ने सच में अपना वादा निभा दिया। कबीर को तो अब कोई आस ही नहीं थी कि तुलसी उसे इस रूप में वापिस मिलेगी। वृंदा की मम्मी बता रही थी कि वृंदा किसी एक्सीडेंट की बात कर रही थी और उसका हाल पूछ रही थी। क्या उसे एक्सीडेंट का भी याद है। तो हो सकता है उसे सब कुछ याद आ जाए।

कबीर को कुछ समझ नहीं आ रहा था कि यह सब अच्छा हो रहा है कि बुरा। अब तो उसने जीवन की सभी खुशियों से मुंह मोड़ लिया था। उपनी नीरस और बेरंग ज़िंदगी को ऐसे ही मन्ज़ूर कर लिया था। तुलसी के ख्याल और ख्वाब ही उसके जीने की वजह थी। वो अकसर कविता लिखता था। कई बार सबको सुनाता भी था। उसके दो कवि संग्रह छप भी चुके थे और लोगों को बहुत पंसद भी आए थे।

शाम का धुंधलका सा फैला हुआ था। गर्मी का मौसम था और ठंडी ठंडी हवा चल रही थी। बादल भी छाए हुए थे। अपने घर के बागीचे में टहलता हुआ वो तुलसी के पौधे के पास आ कर खड़ा हो गया। तुलसी के पास दीपक जलाया। जब से तुलसी इस दुनिया को छोड़ कर गई थी कबीर रोज़ तुलसी के पौधे पर शाम को दीपक जलाता और सुबह नहाने के बाद पानी देता। आज भी उसने दीपक जलाया और हमेशा की तरह तुलसी के पौधे के गिर्द बने चबूतरे पर दोनों कुहनी टिका कर, अपना मुँह अपने हाथों पर टिका कर बातें करने लगा।

"तुलसी मैं लगभग हर रोज़ तुम्हारे साथ बातें करता हूँ और तुम बड़े ध्यान से सुनती भी हो। आज भी मैं अपने दिल की सभी बातें तुम्हारे साथ सांझी करना चाहता हूँ। देखो मुझे विश्वास हो रहा है कि तुमने जाते जाते जो वादा किया था वो पूरा कर दिया। तुम सच में वापिस आ गई हो। मेरा इन्तज़ार करना बेकार नहीं गया। मुझे सब कहते थे कि मर कर कोई कभी वापिस नहीं आता पर मुझे तुम्हारे वादे पर पक्का यकीन था। मेरा विश्वास, मेरा यकीन, मेरा भरोसा सच्चा निकला तूने वादा निभाया और वापिस आ गई। नहीं तो वृंदा को एक्सीडैंट के बारे में कैसे पता लगा। तुझे मेरी लिखी कविता अगले जन्म में भी नहीं भूली। और यही कविता हमें मिलाने की वजह बन गई। अब मुझे देखना यह है कि क्या तुम्हें पिछले जन्म की सारी बातें, सारा प्यार, सारा लगाव याद आता है

कि नहीं। वैसे मुझे अपने प्रेम पर पूरा भरोसा है कि तुम्हें सब कुछ याद आ जाएगा। अगर मैं तुम्हें नहीं भूला तो तुम भी नहीं भूली।"

जब कबीर बातें कर रहा था तो तुलसी का पौधा हवा से हिल रहा था और उसकी कुछ टहनियाँ और पत्ते कबीर के माथे को छू रहे थे। कबीर को लग रहा था कि जैसे तुलसी स्वयं उसकी बातें सुन कर सिर हिला रही है और उसके माथे को सहला रही है। और अजीब सा सकून उसे महसूस हो रहा था। उसके विचारों की तंत्रा तब टूटी जब उसकी माँ ने उसे आवाज़ लगाई और कहा,

"बेटा कबीर, आ जाओ खाना खा लो आ कर।"

"अभी आया।" कह कर कबीर अंदर को चला गया।

कबीर जब अन्दर आया तो माँ को उसका चेहरा खिला खिला सा लगा और अलग सी खुशी झलक रही। माँ पूछने ही वाली थी कि क्या बात है पर कबीर ने पहले ही पूछा,

"माँ एक बात पूछूँ।"

माँ ने हाँ में सिर हिलाया तो कबीर बोला।"

"माँ कोई मर कर भी अपना वादा कैसे पूरा कर सकता है?"

"बेटा मुझे लगता है कि आज फिर तुने तुलसी के बारे में बहुत सोचा है। मैंने तो तुम्हें बहुत समझाया कि मर कर आज तक कोई वापिस नहीं आया। मरे हुए का इन्तज़ार नहीं करते। उन्हें श्रद्धा सुमन अर्पित करके जिन्दगी को आगे बढ़ाते है।"

माँ ने समझाते हुए कहा।

"पर माँ तुलसी वापिस आ गई है और ....." अभी कबीर ने इतना ही कहा था कि उसकी बात काटते हुए माँ खड़ी हो गई और बोली

"कहाँ है तुलसी, चलो मुझे भी मिलाओ, मुझे तो लगता है तुलसी की याद में तू पूरी तरह पागल हो गया है।"

"नहीं माँ मैं पागल नहीं हुआ। तुलसी सच में वापिस आ गई है। मैं कल रात का वहीं हस्पताल में था। मैंने कहा था न कि कोई विद्यार्थी बीमार है, वो तुलसी ही है माँ। वो वृंदा बन कर पैदा हुई है। उसने मुझे पहचान लिया, उसे हमारे प्यार के बारे में पता है और वह ऐक्सीडेंट के बारे में भी बात कर रही थी।"

कबीर ने बताया तो उसकी माँ ने अपने बेटे की बांह पकड़ कर कहा,

फिर तो वो मुझे भी पहचान लेगी। चलो मुझे साथ लेकर हस्पताल चलो। तुम्हारा पागलपन कहाँ तक सही है, मैं भी देखूँ।"

"नहीं माँ आप अभी नहीं मिल सकती। अभी उसे पूरी तरह होश भी नहीं आई और उसके माँ बाप ने मुझे उससे दूर रहने के लिए कहा है। वैसे भी माँ आप जब उसको देखेंगी तो हैरान रह जाएंगी, वही रंगरूप, वही नैन नक्क्ष, वही कंधों पर बिखरे बाल और वही आवाज। माँ मैं क्या क्या और कैसे बताऊँ कि वह तुलसी ही है। अपना किया हुआ वादा पूरा करने आई है और में कल फिर इससे मिलने अवश्य जाऊँगा। अपनी बांह छुड़ाते हुए कबीर ने कहा और खाना खाने लग गया। खाना खाने के बाद वह सोने चला गया। आज खुशी और उत्तेजना के मारे उसे नींद ही नहीं आ रही थी। वो सोच रहा था कि कब सुबह हो और वो अपनी तुलसी को देख सके।

तुलसी के माता पिता भी बहुत ही चिन्तित बैठे हुए थे। वो सोच रहे थे कि पता नहीं उनकी बेटी ठीक भी होगी कि नहीं। पता नहीं उन्हें पहचानेगी भी कि नहीं। अब तो इन्तज़ार था कि कब कल को दिल्ली से डाक्टर सिन्हा आए और उनकी बेटी का इलाज हो सके।

दूसरे दिन सुबह धनुष कमरे में आया और आकर वृंदा की मम्मी से पूछा,

"आंटी अब क्या हाल है वृंदा का?

"अभी तो वैसे ही है। बेसुध सी पड़ी जब होश आई है तो हमें तो पहचाना भी नहीं बस कबीर के बारे में पूछ रही थी।

इतना बोल कर धनुष के पास जा कर, उसे कंधे से पकड़ कर बोली,

"बेटा वैसे तुम तो यहीं थे, कुछ पता हो तो बताओ कि वृंदा को आखिर हुआ क्या था?"

"आंटी जितना मुझे पता है, वृंदा ने स्टेज पर एक गाना गाया था जो शायद उसने बचपन में ही लिखा था। कबीर सर का कहना है कि वो गाना लगभग 20-22 वर्ष पहले उन्होंने किसी के लिए लिखा था। इसलिए वो वृंदा से मिले थे और वृंदा उन्हें देख कर बेहोश हो गई। बस मुझे इतना ही पता है। जैसे ही मुझे पता चला मैंने आपको फोन कर दिया।"

धनुष ने जो उसे पता था सब बता दिया। तभी वृंदा की मम्मी बोली,

"वृंदा बड़ी मुश्किल से 10 वर्ष की रही होगी जब से वो ये गाना गाती है। पर जो भी हो, किसी ने भी लिखा हो, बस मेरी बेटी ठीक हो जाए।"

अभी वो बातें कर ही रहे थे कि कबीर अंदर आ गया और बोला,

"अब क्या हाल है तुलसी नहीं नहीं वृंदा का।"

तभी गुस्से में आकर वृंदा की मम्मी कुछ ऊँची आवज़ में बोली।

"आप तो हमें क्षमा ही कर दें। आप के आगे हाथ जोड़ कर विनती करती हूँ कि आप यहाँ वृंदा के सामने मत आईए। मेरी बेटी का यह हाल आपको देख कर ही हुआ है। अब मैं नहीं चाहती कि वो दोबारा आपको देखे।"

मम्मी की ऊँची आवाज़ सुन कर वृंदा की आंख खुल गई और कबीर की तरफ देखकर वो चिल्लाई,

"कबीर, कबीर तुम आ गए। मैं कब से तुम्हारे बारे में पूछ रही हूँ पर यह लोग कुछ नहीं बता रहे। तुम्हें ज्यादा चोट तो नहीं लगी।"

कबीर अभी वृंदा की तरफ बढ़ा ही था कि वृंदा की मम्मी ने उसे बांह से पकड़ लिया और बोली,

"आपको एक बार समझ नहीं आता कि मेरी बेटी से दूर रहो।"

इसी शोर शराबे में डाक्टर साहिब डाक्टर सिन्हा को साथ ले कर कमरे में दाखिल हुए और डांटते हुए बोले,

"मरीज के गिर्द ये क्या शोर मचा रखा है। इस तरह तो आप मरीज़ को और तनाव दोगे। शान्ति बनाए रखें।"

तो वृंदा की मम्मी शांत हो गई। डाक्टर सिन्हा वृंदा के पास कुर्सी पर बैठ गए और उसकी नब्ज़ देखी, बुखार देखा, ब्लड प्रेशर देखा उसके बाद वृंदा को पूछा,

"बेटा आपका क्या नाम है?"

"अंकल मेरा नाम तुलसी है।" वृंदा ने उत्तर दिया। तभी उसकी मम्मी बोली,

"नहीं डाक्टर साहिब इसका नाम वृंदा है और हमारी इकलौती संतान है।"

डाक्टर साहिब वृंदा की मम्मी को चुप रहने का इशारा कर के बोले,

"आप सब ज़रा बाहर जा कर खेड़े हो जाओ। जब आवश्यकता होगी तो आपको बलुाएंगे।।"

इतना कह कर डाक्टर साहिब वृंदा की ओर देखकर बोले,

"हाँ तो बेटे आपका नाम तुलसी है।' वृंदा ने हां में सिर हिलाया तो डाक्टर सिन्हा फिर बोले,

"आपको क्या हुआ जो आप हस्पताल में दाखिल हैं?"

"अंकल मेरा ऐक्सीडैंट हो गया था इसलिए हस्पताल में आई हूँ। तुलसी ने उत्तर दिया। तो डाक्टर साहिब ने फिर पूछा,

"आपका ऐक्सीडैंट कैसे हुआ?"

"अंकल मैं और कबीर बाईक पर जा रहे थे। और ट्रक के साथ टकरा गए। मैं बेहोश हो गई थी। आज सुबह ही होश आया।" वृंदा ने डाक्टर सिन्हा को बताया।

"अब तुम ठीक हो, बस कमज़ोरी है, वे भी एक दो दिन में ठीक हो जाएगी। अभी तुम आराम करो। मैं नर्स को बोल देता हूँ, वो तुम्हें इंजैंक्शन दे देगी। कह कर डाक्टर साहिब बाहर आ गए और पूछा

"आप में कबीर कौन है? मुझसे उससे कुछ बात करनी है। आप मेरे साथ आईए।"

कह कर डाक्टर साहिब चल पड़े और उनके पीछे पीछे कबीर भी चल पड़ा। कबीर को लेकर डाक्टर सिन्हा के कमरे में चले गए। वहाँ जाकर उन्होंने कबीर से पूछा।

"वृंदा के बारे में जो कुछ भी जानते हो मुझे विस्तार से बताओ।"

कबीर ने उनको बताना शुरू किया कि ये शायद वृंदा के पिछले जन्म से जुड़ी हुई कहानी है जब वृंदा का नाम तुलसी था। कबीर ने बताया कि कैसे वो दोनों एक दूसरे के साथ बेइन्तहा प्यार करते थे और अब से लगभग 20 वर्ष पूर्व वो और तुलसी बाईक पर आ रहे थे तो उनका एंक्सीडैंट हो गया और तुलसी की जान चली गई। पर वो जाते जाते वादा कर के गई थी।

"मैं वापिस आऊँगी तुम मेरा इन्तजार करना।"

"और मैं तब से ही तुलसी का ही इन्तजार कर रहा हूँ। उसके ख्याल ने मुझे कभी अकेला नहीं छोड़ा। मैं तो अपनी आँखों पर यकीन ही नहीं कर पा रहा और तो ओर डाक्टर साहिब जो कविता मैंने तुलसी को लिख कर दी थी वो वृंदा को याद है और यह जो मैंने 'T' अक्षर की ब्रेसलैट पहनी है वो भी मुझे तुलसी ने ही दी थी और उसने भी 'K' अक्षर की ब्रेसलैट पहनी थी जो उसके साथ ही जल गई थी।"

डाक्टर सिन्हा ने कबीर की सारी बात बहुत ध्यान से सुनी और कहा,

"देखो मिस्टर कबीर, अभी तो वृंदा को इंजैक्शन दिया है। वो सो जाएगी। शाम को चार बजे एक बार मैं तुमसे और वृंदा से दोनों से आमने सामने बात करूँगा। देखो यह बहुत उलझा हुआ केस है। क्या तुम शाम को चार बजे आ सकते हो?"

"हाँ हाँ डाक्टर साहिब मैं शाम को चार बजे पहुँच जाऊँगा। तुलसी के लिए अगर आप आधी रात को भी बुलाओगे तो मैं आ सकता हूँ।"

कबीर ने कहा और डाक्टर यिन्हा को हाथ जोड़ कर नमस्ते कर के वहाँ से चला गया।

कबीर के जाने के बाद डाक्टर सिन्हा वृंदा के माता पिता से मिले। वृंदा के बारे, उसके बचपन के बारे और कुछ उसकी आदतों के बारे विस्तार से पूछा। डाक्टर सिन्हा वृंदा के बारे सब कुछ जानना चाहते थे बाकि उसके केस को समझने में डाक्टर सिन्हा को मदद मिल सके। डाक्टर सिन्हा के पास आज तक बहुत अजीब अजीब केस आए थे पर इतना अजीब और उलझा हुआ केस उन्होंने अपने पूरे जीवन में नहीं देखा था। अपने कमरे में जाकर वो कुछ किताबें निकाल कर पढ़ने लगे। यह उनके लिए एक चुनौतीपूर्ण

केस बन गया था और इसे सुलझाने में वो कोई कोर कसर नहीं छोड़ना चाहते थे। शाम के चार बजे कबीर डाक्टर सिन्हा के पास पंहुच गया। डाक्टर सिन्हा कबीर को लेकर वृंदा के कमरे में गए। उन्होंने वृंदा के माता पिता को बाहर जाने के लिए कहा। ताकि कबीर और वृंदा बिना किसी रोक टोक के खुल कर बात कर सकें। कबीर को देखते ही वृंदा बोली,

"कबीर तुम आ गए। अच्छा हुआ। यहाँ तो कोई तुम्हारे बारे में मुझे बता ही नहीं रहा।"

"हाँ मैं आ गया हूँ। तुम बताओ तुम्हारा क्या हाल है? ठीक तो हो? कबीर ने पूछा। डाक्टर सिन्हा देख रहे थे कि वृंदा कैसे बिना किसी झिझक के कबीर से बता कर रही थी जैसे उसे सदा से जानती हो। जबकि वृंदा के माता पिता ने बताया था कि वो और वृंदा पहली बार इस शहर में आए हैं और कबीर को पहले उन्होंने कभी नहीं देखा

पास खड़े कबीर की बाँह पकड़ कर वृंदा बोली,

"मैं तो ठीक हूँ अब, तुम कैसे हो? तुम्हें चोट तो नहीं आई? आओं मेरे पास बैठो, तुम्हारे साथ ढेरों बातें करनी है।" इतना कह कर वृंदा ने कबीर को अपने पास ही बिठा लिया पर कबीर थोड़ा झिझक कर फिर खड़ा हो गया।

तभी डाक्टर सिन्हा अपनी कुर्सी वृंदा के पास लाते हुए बोले,

"बेटा आपका नाम क्या है?"

"तुलसी डाक्टर साहिब।" वृंदा ने उत्तर दिया।

"ये कौन है?" कबीर की तरफ इशारा करते हुए डाक्टर सिन्हा बोले।

"यह कबीर है जी।" वृंदा ने उत्तर दिया।

"तुम कबीर को कैसे जानती हो।" डाक्टर सिन्हा ने फिर पूछा।

"हम डाक्टर साहिब, एक ही क्लास में पढ़ते हैं और हम बहुत अच्छे दोस्त हैं। हम अक्सर इक्ट्ठे घूमने जाते हैं। आज भी हम झील पर घूमने गए थे।"

वृंदा ने शर्माते हुए उत्तर दिया।

"फिर क्या हुआ?" डाक्टर सिन्हा ने फिर पूछा,

"फिर क्या होना था, अन्धेरा हो रहा था और हमारी बाईक ट्रक से टकरा गई ये तो भगवान का शुक्र है कि हम दोनों को चोट नहीं आई। टक्कर तो बहुत बुरी थी।" कहते हुए वृंदा ने अपने सिर पर अपने दोनों हाथ रख लिए

"आप दोनों को हस्पताल कौन लेकर आया, डाक्टर साहिब ने वृंदा से पूछा।

"ये तो हमें पता नहीं क्योंकि मैं तो बेहोश हो गई थी। मुझे तो यह भी पता नहीं था कि कबीर को कितनी चोट लगी है।" वृंदा ने उत्तर दिया।

डाक्टर सिन्हा ने फिर पूछा,

"बेटा आज कौन सी तारीख है?

"कल 13 दिसंबर थी आज 14 दिसंबर होगी वृंदा ने कहा,

"और साल कौन सा है?"

डाक्टर सिन्हा ने फिर पूछा।

"साल 1999 है डाक्टर साहिब, लेकिन आप यह क्यों पूछ रहे हैं।

वृंदा ने मासूमियत से डाक्टर सिन्हा की ओर देखते हए कहा।

"कुछ नहीं बेटा, आपके सिर पर चोट लगी थीं न, इसलिए ये सब पूछ रहा हूँ।"

डाक्टर सिन्हा ने कहा।

तो वृंदा हंस कर बोली

"डाक्टर साहिब मुझे सब याद है, मैं कुछ नहीं भूली। इतनी चोट भी नहीं लगी। अब तो कोई चोट ही नहीं हैं, एक दिन में ही ठीक हो गई क्या?"

"चलो बेटा, अब आप आराम करो, अपनी दवाई भी ले लो और इंजैक्शन भी। मैं आपसे मिलने फिर आऊँगा।

कह कर डाक्टर साहिब बाहर निकल गए। नर्स ने आकर वृंदा को इंजैक्शन दिया और डाक्टर सिन्हा ने जाते जाते वृंदा के माता पिता और कबीर को अपने कमरे में आने के लिए कहा। वो सब डाक्टर साहिब के पीछे पीछे चल पड़े।

कमरे में जा कर डाक्टर सिन्हा ने सबको बैठने के लिए कहा। बैठते ही वृंदा की मम्मी ने कहा,

"डाक्टर साहिब मेरी बेटी को हुआ क्या है? वो हमें पहचानती ही नहीं। प्लीज उसे ठीक कर दीजिए। हमारे लिए वहीं सब कुछ है, उसी के साथ हमारी दुनिया है कहते कहते वृंदा की मम्मी के आँसू छलक गए। वृंदा के पापा ने अपनी पत्नी को ही सलाह देते हुए कहा,

"डाक्टर साहिब सब ठीक कर देंगे तुम घबराओं नहीं।"

डाक्टर सिन्हा उनकी बातें ध्यान से सुन रहे थे। उन्होंने सब को सम्बोधित करते हुआ कहा,

"सबसे पहले मैं आप सब को एक बात साफ साफ कह दूँ कि वृंदा का केस कोई मामूली केस नहीं है। अपने जीवन काल में यह पहला केस देख रहा हूँ। किताबों में पढ़ा है। देखा पहली बार है।"

"पर वृंदा को हुआ क्या है।"

वृंदा की माँ ने डाक्टर सिन्हा को बीच में ही टोकते हुए पुछा।

"कुसुम शान्ति से डाक्टर साहिब की बात सुनो।" वृंदा के पापा ने अपनी पत्नि को कहा।

"डाक्टर सांहिब आप प्लीज बताईए कि वृंदा को हुआ क्या है?"

फिर डाक्टर सिन्हा की ओर मुंह कर के वृंदा के पापा बोले।

डाक्टर सिन्हा ने फिर बोलना शुरू किया।

"मैंने थोड़ी देर वृंदा से भी बात की है। कबीर से भी बात की। मैं इस नतीजे पर पहुंचा हूँ कि वृंदा आज से बीस साल पीछे जा चुकी है यानि उसे अपने पिछले जन्म की बातें याद आ रही हैं। वो अभी 1999 में जी रही है जबकि अब 2019 चल रहा है। उसकी मुश्किल को समझने की कोशिश करो। आप लोगों को बहुत शांति और सब्र से काम लेना होगा। ठीक है, अब आप लोग जा सकते हैं मैं कल को फिर वृंदा से मिलूँगा।"

सभी वहाँ से उठ कर चले गए। कबीर अपने घर को चला गया और वृंदा के मम्मी पापा वृंदा के कमरे में आ गए। वृंदा सो रही थी। उसकी मम्मी रोये जा रही थी और कह रही थी।

"मेरी फूल जैसी बच्ची को पता नहीं किसकी नज़र लग गई है। पता नहीं किसी ने क्या कर दिया मेरी बच्ची को हमें तो अब पहचानती ही नहीं। पता नहीं कब ठीक होगी और कैसे ठीक होगी।

तभी वृंदा के पिता ने उसकी माता को ढांढस बंधाते हुए कहा,

"कुसुम तुम हौंसला न हारो। हमारी बच्ची ठीक हो जाएगी। बस हम भगवान से प्रार्थना करेंगे कि हमारी बेटी जल्दी से ठीक हो जाए तो उसे ले कर वापिस अपने घर जाए। तुम हौंसला हार जाओगी तो वृंदा की देख रेख कैसे करोगी।"

वृंदा की मम्मी चुपचाप एकटक अपनी बेटी को देख रही थी जो आराम से सो रही थी। शायद यह इंजैक्शन और दवाईओं का ही असर था।

कबीर वहाँ से सीधा अपने घर को चला गया। वो भी वृंदा को लेकर बहुत परेशान था। उसे समझ नहीं आ रहा था कि वो तुलसी के मिलने पर खुश हो या वृंदा की बीमारी से दुःखी हो। अभी कल फिर जाएगा और वृंदा को देखेगा।

वृंदा अपने विस्तर पर लेटी हुई थी। वृंदा की मम्मी कमरे में उसके पास ही कुर्सी पर बैठी थी। वृंदा के पापा बाहर कुछ लेने गए थे। तभी वृंदा ने अपनी मम्मी की तरफ मुंह करके कहा,

"मुझे प्सास लगी है। मुझे पानी दीजिए प्लीज़।"

वृंदा की मम्मी उसकी अवाज़ सुन कर खुश हो गई। जिस दिन की वृंदा हस्पताल में दाखिल हुई है, उसने पहली बार अपनी मम्मी को बुलाया था और पानी मांगा था।

"अभी देती हूँ बेटा"

कुर्सी से उठते हुए वृंदा की मम्मी बोली। और उसने गिलास में पानी डाल कर वृंदा को पकड़ा दिया और उसके पानी पीने के बाद उसके हाथ से गिलास ले कर पास रखे मेज पर रख दिया।

वृंदा की मम्मी को लगा कि वृंदा का मूड ठीक है तो उसने सोचा कि वृंदा के साथ बात करे, उसे कुछ याद दिलाने की कोशिश करे तो शायद वृंदा को कुछ याद आ जाए। शायद उसकी बेटी ठीक हो जाए और अपने मम्मी पापा को पहचानने लगे। यही सोच कर वृंदा की मम्मी ने कहा,

"बेटे अब कैसी तबीयत है तुम्हारी?"

"अब ठीक है आंटी" वृंदा ने कहा पर अपने लिए आंटी शब्द सुन कर उसे धक्का सा लगा। फिर भी अपने आप को सामान्य करती हुई बोली।

"बेटी तुम याद करने की कोशिश करो, मैं तुम्हारी आंटी नहीं तुम्हारी माँ हूँ। तुम्हें मैंने ही जन्म दिया है और पाला है। याद करो बच्चे।"

"मुझे कुछ याद नहीं जो आप कह रही हैं। जब मैंने एक बार बोल दिया कि मैं आपको नहीं पहचानती, मैंने आप को पहली बार यहाँ हस्पताल में ही देखा है। आप फिर क्यों बार बार एक ही बात बोल रही हैं?

वृंदा ऊँची ऊँची रो रही थी और बोले जा रही थी।

तभी वृंदा की मम्मी ने भी आपा खो दिया और ऊँची आवाज में बोलने लगी,

"मुझे तो समझ नहीं आती कि यहाँ आकर तुम्हें हो क्या गया है, किसने तुम पर जादू कर दिया है?"

अभी वो कुछ और कहने वाली थी कि डाक्टर साहिब कबीर के साथ कमरे में प्रवेश करते हैं। वो वृंदा की मम्मी की तरफ इशारा करके बोले,

"प्लीज आप चुप कर जाएँ और कमरे से बाहर चले जाएँ, मैं आपके साथ बाद में बात करता हूँ।"

डाक्टर सिन्हा की बात सुन कर वृंदा की मम्मी कमरे से बाहर चली गई। और दरवाज़ा बंद करके डाक्टर सिन्हा ने देखा कि वृंदा ने कबीर को कस कर जफ्फी डाली थी और रो रो कर कह रहीं थी,

"कबीर मुझे यहाँ से ले जाओ, ये लोग मुझे पागल कर देंगे। तुम तो मुझे समझते हो न।"

इससे पहले कि कबीर कुछ कहे, डाक्टर सिन्हा ने वृंदा को बैड पर बिठाते हुए कहा,

"बस बेटी अब रोना नहीं। अब तुम्हें कोई कुछ नहीं कहेगा। तुम यह दवाई खाकर आराम करो। जैसे ही तुम ठीक हो जाओगी कबीर तुम्हें ले जायेगा।"

वृंदा दवाई खाकर लेट गई और कबीर उसके पास बैठ गया। वृंदा ने कबीर की बांह पकड़ी हुई थी और बड़े प्यार से उसकी कलाई

पर बंधी उस ब्रेसलैट को निहार रही थी जो कभी तुलसी ने बांधी थी। दवाई के असर से वृंदा को नींद आ गई तो कबीर भी वहाँ से उठ कर डाक्टर सिन्हा के कमरे में चला गया। डाक्टर साहिब ने वृंदा के मम्मी पापा को भी बुला लिया। डाक्टर सिन्हा कुछ डांटते हुए बोले,

"यह तो कोई तरीका नहीं एक मरीज़ के साथ व्यवहार करने का। आप वृंदा पर चिल्ला रही थीं। आपको पता है इस तरह उस पर जोर डालने से वो पागल भी हो सकती है और अधिक सदमा लगा तो उसकी मौत भी हो सकती है। मैं आपको एक बात बता दूँ,

It's rare of rarest case.

कभी कभार होने वाला केस लाखों में एक। मैं अपनी ज़िंदगी में पहली बार देख रहा हूँ। वृंदा इस समय बहुत नाजुक हालात से गुज़र रही है। उसे बहुत प्यार और हमदर्दी की आवश्यकता है। वो अभी अपने पिछले जन्म में जी रही है और इस जन्म का उसे कुछ भी याद नहीं। हो सकता है उसे इस जन्म का याद आ जाए और वो पिछला जन्म भूल जाए। या दोनों भी याद रह सकता है। हमें इन्तज़ार करना होगा। वृंदा को बहुत नाजुक तरीके से समझना होगा। उस पर किसी प्रकार का कोई दवाब नहीं डालना।"

फिर कबीर की तरफ देख कर बोले

"हाँ कबीर तुम कुछ दिखाने वाले थे।"

"हाँ डाक्टर साहिब मैं यह फोटो दिखाना चाहता हूँ जो मैंने और तुलसी ने मेले में खिचवाई थी और इसमें हमने वही ब्रेसलैट भी पहनी हुई है।

कहते हुए कबीर ने अपने कोट की अन्दर की जेब से एक लिफाफा निकाला जिसमें उसकी और तुलसी की फोटो थी। उसने वो फोटो डाक्टर सिन्हा को दी और फोटो देखकर डाक्टर साहिब बोले,

"Oh my god यह भगवान की कैसी लीला है।

ये लो आप भी देखो और फिर सोचो कि वृंदा भी कुछ गलत नहीं कह रही।"

कहते हुए उन्होंने फोटो वृंदा के मम्मी पापा की तरफ बढ़ा दी। कांपते हाथों से वृंदा की मम्मी ने फोटो पकड़ी। फोटो को देखकर उसकी चीख निकल गई और चक्कर खाकर वो पास पड़ी कुर्सी पर बैठ गई। और बोली,

"हे भगवान ये हमारे साथ कैसा मज़ाक कर रहे हो। हमारी शादी के 10 साल बाद हमें ये बच्ची मिली थी जो हमें हमारी जान से भी प्यारी है। मैं तो अपनी बेटी के बिना जी नहीं पाऊँगी ये तुलसी तो बिलकुल वृंदा ही लग रही है।"

"मैंने भी जब पहली बार वृंदा को देखा था तो बहुत चौंक गया था क्योंकि वो बिल्कुल तुलसी ही लग रही थी और जो कविता मैंने लगभग 21 वर्ष पहले तुलसी को लिख कर दी थी, वही गाना गाया था वृंदा ने। यह भी कहा था कि ये उसने लिखा है। आप बता रहे थे कि यह कविता उसे बचपन से याद है।"

आखिरी लाईन कबीर ने वृंदा की मम्मी की ओर देख कर कही। कबीर ने फिर कहा,

"यह सब हैरान करने वाली बातें ही तो हैं। तुलसी के जाने के बाद मैंने ये कविता कभी किसी को नहीं सुनाई। तुलसी जब आखिरी सांस ले रही थी तो मेरा हाथ पकड़ कर उसने मुझे कहा था।

"मैं वापस आऊँगी, मेरा इन्तज़ार करना। मुझे लगता है कि वो अपना वादा निभाने के लिए ही आई है। मैंने अपना वादा पूरा किया, अभी तक, तुलसी का इन्तज़ार ही कर रहा हूँ।

कबीर को बीच में टोकते हुए वृंदा की माँ ने कहा, "ऐसा मत कहो, मेरा मन नहीं मानता कि मैं अपनी वृंदा को तुलसी बोलूं।"

और उसकी आँखे आँसुओं से भीग गईं। वो एक हारे हुए जुआरी की तरह बैठी थी।

तभी कबीर ने वृंदा की मम्मी को सात्वना देते हुए कहा, "आप दिल छोटा न करो। उसे तुलसी बोले या वृंदा, वो आपकी ही बेटी रहेगी।"

डाक्टर सिन्हा उन सब की बातें बड़े ध्यान से सुन रहे थे। सबको समझाते हुए वो बोले,

"मैं आप सबकी मुश्किल समझता हूँ। पर अब हम सबको मिलकर वृंदा या तुलसी के बारे में सोचना है, उसकी मनोदशा को समझना हैं वो इस समय बहुत ही नाजुक मानसिक दौर से गुज़र रही है। उस पर किसी प्रकार को कोई ज़ोर नहीं डालना और न ही अपनी बात जबरदस्ती उस पर थोपने की कोशिश करनी है। उसकी बात को ध्यान से सुनो। जो वह कहती है, सोचती है, उसका विरोध मत करो। अगर हम उस पर दवाब डालेंगे तो उसके गंभीर परिणाम हो सकते हैं। सो हम सबको शान्ति और सब्र से काम लेना होगा। मेरा ख्याल है कि आप सब मेरी बात की गंभीरता को समझ गए होंगे।"

सबने हाँ में सिर हिलाया और कबीर बोला,

"तुलसी के मम्मी पापा एक बार वृंदा को देखना चाहते हैं। क्या उनको मिला सकते हैं। अगर डाक्टर साहिब आप इजाज़त दें तो।"

डाक्टर सिन्हा ने कबीर को तुलसी के माता पिता को मिलवाने की इजाज़त दे दी पर यह हिदायत की कि अगर वृंदा किसी को पहचान ले और बात करनी चाहे तो ठीक बस उस पर किसी प्रकार का दवाब नहीं डालना।"

"ठीक है डाक्टर साहिब, आप जैसा कहें वैसा ही होगा।"

कबीर ने कहा और जाते जाते एक बार वृंदा को देखकर अपने घर को चला गया।

आज कबीर कुछ हल्के मन से घर को आया। आज मन पर बोझ नहीं था। डाक्टर साहिब की बातें सुनकर उसे अब विश्वास हो चला था कि उसकी तुलसी ही वृंदा के रूप में वापिस आ गई है। तुलसी ने अपना वादा निभाया था। अब कबीर की बारी थी कि वह वृंदा को बिलकुल ठीक होने में सहायता करे।

अकसर कबीर तुलसी के मम्मी पापा से मिलने जाता रहता था। वो भी बड़े चाव से कबीर से मिलते, उसे मिल कर उन्हें लगता। कि तुलसी से मिल लिया है। तुलसी को गए 20 वर्ष हो गए थे पर उसके माता पिता अभी उसे भूले नहीं थे। आज भी जब कबीर तुलसी के घर गया तो उसकी माँ तुलसी की फोटो को कपड़े से साफ कर रही थी और आँखों में आँसू छलक रहे थे। कबीर को देख कर तुलसी की माँ ने फोटो फिर से टांग दी और चंदन का हार चढ़ा दिया। तभी कबीर उनके पांव छूने के बाद बोला,

"आंटी कैसे हो आप।"

"अच्छी हूँ बेटा।" कह कर उसे आशीर्वाद दे कर वह भी कबीर के पास ही बैठ गई।

"आंटी जी आज तो आपके हाथ की चाय पीने आया हूँ और एक बड़ी अजीब सी घटना भी आपको बताने आया हूँ।

"अच्छा बेटे।"

तुलसी की मम्मी ने हैरान होते हुए कहा और उठकर चाय बनाने के लिए चली गई।

तुलसी की मम्मी चाय बना कर ले आई और दोनों बैठ कर चाय पीने लगे। चाय पीते पीते तुलसी की मम्मी बोली,

"बेटे क्या बात बताने वाले थे।"

"कैसे बताऊँ, आंटी जी हम अभी तक तुलसी को नहीं भूले। पर तुसली भी हम सब को नहीं भूली।"

कबीर बात कर ही रहा था कि उसे बीच में टोक कर तुलसी की मम्मी बोली,

"क्या बोल रहे हो?"

"आंटी जी आज मैं आपको शाम को ले कर चलूँगा। आपको लगेगा कि आपने तुलसी से ही मिल लिया।"

कबीर का कहना था कि तुलसी की मम्मी कुर्सी से उठ कर खड़ी हो गई और बोली,

"क्या बोलते हो बेटा, कहाँ लेकर चलोगे और तुलसी कैसे मिलेगी?"

"आंटी जी थोड़ी शान्ति रखिए। मैं भी उसे देखकर हैरान हो गया था। आप शाम को चार बजे तैयार रहना अंकल जी को भी साथ ले चलेंगे।" कबीर ने कहा।

"ठीक है बेटा हम तैयार रहेंगे तुम मुझे अवश्य लेकर चलना।" तुलसी की मम्मी ने कहा।

कबीर उठकर अपने घर चला गया। घर आकर उसने अपनी माँ के साथ भी ढेरों तुलसी की बातें की। तुलसी के जाने के बाद अकसर कबीर चुप और उदास ही रहता था पर आज जिस प्रकार खुश हो कर अपनी माँ से बातें कर रहा था वो उसको बहुत अच्छा लगा।

शाम के चार बजे कबीर तुलसी के घर पहुंच गया। तुसली की मम्मी तैयार बैठी थी। तो कबीर ने पूछा।

"अंकल जी तैयार नहीं हुए।"

"नहीं बेटा, वो कहते मैं नहीं जाऊँगा, मुझे यकीन नहीं आ रहा तो तुम सच बोल रहे हो।"

'तुलसी की मम्मी ने उत्तर दिया। तो कबीर ने कहा,

"कोई बात नहीं, आंटी आप चलो फिर जब आप वापिस आकर अंकल को बताओगे तो उन्हें भी विश्वास आ जाएगा।"

कहकर कबीर ने गाड़ी का दरवाज़ा खोला और तुलसी की मम्मी को गाड़ी में बिठा लिया। थोड़ी देर में दोनों हस्पताल पहुंच गए। तुलसी की मम्मी का दिल जोर जोर से धड़क रहा था। उसे समझ नहीं आ रहा था। कि कबीर उसे किससे मिलवाने जा रहा था। इतने में वो दोनों डाक्टर सिन्हा के कमरे में पहुंच गए। फिर डाक्टर सिन्हा ने तुलसी की मम्मी को सब समझा दिया। फिर डाक्टर सिन्हा उन दोनों के साथ तुलसी के कमरे में पहुंचे। वृंदा बैड पर बैठी थी और उसकी मम्मी उसकी कंघी कर रही थी। जैसे ही तुलसी की मम्मी कमरे में आई। वृंदा बैड से उठकर भाग कर उनके गले से लिपट कर रोने लगी और कहने लगी,

"मम्मी आप मुझे देखने क्यों नहीं आए। पता मैं आपका ही इन्तज़ार कर रही थी। आप पापा को भी साथ ले कर नहीं आए। क्या आपको मेरी चिन्ता नहीं थी।" तुलसी की माँ ने बड़े प्यार से उसके सिर पर हाथ फेरा, उसका माथा चूमा और भगवान के इस करिश्मे को देखकर बहुत हैरान थी। बिल्कुल उसकी तुलसी का ही दूसरा रूप था। वही गोरा चिट्टा रंग रूप, वही नैन नक्क्ष, वही कद, वही बाल और बिल्कुल वही आवाज और अधिक हैरानगी इस बात की थी जिस बच्ची को उन्होंने जिंदगी में कभी देखा तक नहीं, उसने कैसे उसे पहचान लिया। तुलसी की माँ ने तीन चार बार उसका माथा चूमा और रो रही वृंदा को चुप कराया और बोली,

"लो बेटा अब मैं आ गई हूँ ना मुझे कबीर ही लेकर आया है। तेरे पापा भी आएंगे। तू चिन्ता न कर और अब रोना नहीं।"

वृंदा ने हाँ में सिर हिलाया और आँसू पोंछती हुई बैड पर बैठ गई और हाथ पकड़कर तुलसी की माँ को भी बिठा लिया। फिर धीरे धीरे तुलसी की माँ के साथ ऐसे बातें करने लगी जैसे बरसों से उसे जानती हो।

वृंदा के मम्मी पापा हैरान थे कि वृंदा ने तुसली की माँ को कैसे पहचान लिया। इससे भी अधिक हैरानगी उनको इस बात की हो रही थी कि वृंदा की शक्ल सूरत बिल्कुल तुलसी की माँ से मिलती थी। बिल्कुल वैसा ही गोरा रंग, तीखे नैन नक्क्ष और वैसा ही बोलने का अन्दाज़ था। दोनों साथ साथ बैठी बिल्कुल माँ बेटी ही लग रही थी। वृंदा की माँ को याद आया कि वृंदा के पापा अकसर कहा करते थे कि हमारी बेटी बहुत सुंदर है, हम दोनों से ही नहीं मिलती क्योंकि वो दोनों ही इतने गोरे नहीं थे। जिदंगी में किसी दिन यह मोड़ भी आएगा। ये तो उन्होंने कभी सोचा ही नहीं था। वृंदा की माँ की विचारों की तंत्रा तब टूटी जब वृंदा ने तुसली की माँ को कहा,

"मम्मी मुझे हस्पताल से घर कब लेकर चलोगे। मुझे और हस्पताल में नहीं रहना। घर चलकर पापा से मिलना है।"

तुलसी की माँ ने बात टालते हुए कहा, "बेटा अभी हम तुम्हें घर नहीं ले जा सकते क्योंकि अभी डाक्टर साहिब ने छुट्टी नहीं दी। जब डाक्टर साहिब हमें कहेंगे, हम तभी अपनी बेटी को घर ले जाएँगे"

तभी कबीर ने जाने का इशारा किया तो तुलसी की माँ ने कहा,

"बेटा अब हम चलते हैं, कल को मैं फिर आऊँगी।"

"अच्छा मम्मी और कबीर तुम भी आना, मुझे तुम्हारे साथ भी बहुत बातें करनी हैं।"

ठीक है, ठीक है कहकर दोनों कमरे से बाहर निकल आए। बाहर आकर तुलसी की माँ फूट फूटकर रोने लगी। जिस बेटी की मौत पर वो 20 वर्ष से रोती आई है वो बेटी उसे साक्षात उसी रूप में दिखाई दी है। चाहते हुए भी वो उसे अपनी बेटी नहीं कह सकती और न ही उसे अपने घर ले जा सकती है क्योंकि उस पर अधिकार तो उनका ही है न जिन्होंने उसे पैदा किया और 20 वर्ष

तक पाल पोस कर बड़ा किया है। उसे समझ नहीं आ रहा था कि तुलसी के पापा को वो कैसे बताएगी कि वो सच में हमारी तुलसी ही वापिस आ गई है।

कबीर तुलसी की माँ को उसके घर छोड़कर अपने घर चला गया। घर गया तो माँ ने पूछा,

"बेटा आ गए। कहाँ गए थे?"

"माँ तुलसी से मिल कर आ रहा हूँ।

मैंने बताया था न कि मेरी तुलसी वापिस आ गई है। मेरा इन्तज़ार अब समाप्त हो गया और तुलसी का वादा पूरा हो गया।"

कबीर ने सोफे पर बैठते हुए कहा।

"बेटा मुझे तो यकीन नहीं हो रहा, तु कैसी बहकी बहकी बातें कर रहा है। आज तक मरकर कोई वापस नहीं आया।"

माँ की बात को बीच में काटते हुए कबीर ने कहा,

"पर माँ तेरी तुलसी आ गई है। पता है आज तुलसी की माँ को मैं ले गया था उससे मिलाने। उन्हें भी यकीन नहीं हो रहा था और अगर आप भी देखोगे तो शायद भगवान के इस करिश्मे पर आप भी विश्वास न कर पाएं।"

इतना कहकर कबीर अपने कमरे में चला गया पर उसकी मम्मी अपना सिर पकड़ कर बैठ गई। उसे पता था कि जब से तुलसी इस दुनिया को छोड़कर गई है। कबीर बहुत उदास रहता था और उसकी याद में खोया रहता था पर अब तो लग रहा था कि शायद तुलसी की याद में पागल ही हो गया है।

उधर वृंदा के माता पिता बहुत ही परेशान और दुःखी थे। उनकी अपनी बेटी, जिसे उसकी माँ ने अपनी कोख से जन्म दिया और पिता ने इतने लाड़ से पाला था, वही उन्हें पहचान नहीं रही। उन्हें समझ नहीं आ रहा था कि आगे क्या होगा। अगर वृंदा ने उनके

साथ जाने से मना कर दिया तो उनकी दुनिया में तो अंधेरा छा जाएगा। वो दोनों तो वृंदा को देखकर ही जीते थे और वृंदा भी अपने माता पिता से कितना प्यार करती थी। वो दोनों तो पछता रहे थे कि उन्होंने वृंदा को इस शहर में भेजा ही क्यों। वो सोच रहे थे कि अब डाक्टर साहिब आएंगे तो वो उनसे ही पूछेंगे कि अब क्या करना चाहिए? अगर डाक्टर साहिब कहेंगे तो वो वृंदा को ले कर अपने घर चले जाएंगे और शायद वहाँ अपने घर जाकर वृंदा को सब कुछ याद आ जाए और पिछले जन्म को भूल जाए।

शाम को जब डाक्टर साहिब आए तो उन्होंने कबीर और वृंदा के माता पिता को बुलाया। तभी वृंदा की मम्मी बोली,

"डाक्टर साहिब अगर आप इजाजत दें तो क्या हम अपनी बेटी को वापिस अपने घर ले जाएं। शायद वहाँ जाकर उसे अपनी सारी बातें याद आ जाएं और हमें भी पहचान लें।"

डाक्टर साहिब ने सबको देखकर कहा, "वृंदा की भलाई इसी में है कि हमें उस पर कोई भी जोर जबरदस्ती नहीं करनी चाहिए। अगर उसके दिमाग पर अधिक जोर डाला गया तो परिणाम अच्छे नहीं होंगे। आप सबको धैर्य से काम लेना होगा।"

"पर हमें करना क्या होगा जिससे हमारी बेटी ठीक हो जाए और फिर पहले जैसी हो जाए।

वृंदा की मम्मी से डाक्टर साहिब ने कहा "अभी वो जिस हालात में से गुज़र रही है वो भी आसान नहीं है। आप उसकी हालात को समझने की कोशिश करो। अब आपके साथ जाने के लिए तैयार नहीं होगी। और अगर हम जबरदस्ती उसे आप लोगों के साथ भेज देते हैं तो वो सदमे से पागल भी हो सकती है। अभी तो कुछ उम्मीद है कि शायद थोड़ा समय डालकर उसे इस जन्म की बातें भी याद आ जाएं।"

डाक्टर साहिब बात कर रहे थे कि वृंदा की मम्मी बोली,

"पर अब हम क्या करें, वृंदा को साथ न ले जाएं तो कहाँ छोड़े? हमारे लिए तो यहाँ पर सब अजनबी हैं। अपनी लाडली बेटी को कैसे अनजान लोगों में छोड़कर वापिस अपने घर चले जाएं?"

डाक्टर साहिब ने उन्हें समझाते हुए कहा,

"पर वृंदा के लिए अभी यही ठीक है कि वो तुलसी बन कर रहे। क्योंकि वो अपने आप को तुलसी ही मान रही है और भगवान से प्रार्थना करें कि उसे जल्द से जल्द सब कुछ याद आ जाए।"

तभी कबीर ने कहा कि तुलसी की मम्मी भी मेरे साथ आए हैं अगर आप कहो तो मैं उनको बला लूँ।'

डाक्टर साहिब ने हाँ में सिर हिलाया तो कबीर तुलसी की मम्मी को ले आया। डाक्टर साहिब ने उनको भी सारी बात समझा दी। तो तुलसी की मम्मी बोली,

"अगर आप सब कहें तो वृंदा जब तक ठीक नहीं हो जाती हम अपने साथ रख लेते हैं। हमारे लिए वृंदा और तुलसी में कोई फर्क नहीं।"

"यही ठीक रहेगा।"

डाक्टर साहिब ने कहा।

वृंदा की मम्मी बहुत निराश हो गई थी। उसका मन नहीं मान रहा था कि वो अपनी जान से भी प्यारी बेटी को यहां अनजान लोगों और अजनबी शहर में छोड़ जाए। वो तो अपनी बेटी के बिना कभी रहे नहीं। उनकी तो दुनिया ही उजड़ जाएगी पर दूसरी तरफ वृंदा की जिंदगी का सवाल था। उसकी ज़िंदगी बचाने के लिए यही सही था कि कुछ समय के लिए वो अपनी बेटी को यहीं छोड़ जाए। यही सोचकर वृंदा के पापा भी मान गए। अब यह फैसला हो गया कि कल को तुलसी के मम्मी पापा आकर वृंदा को हस्पताल से अपने घर ले जाएंगे और जब तक वृंदा को सब कुछ याद नहीं आ जाता वो यहीं रहेगी, तुलसी के मम्मी पाप के साथ।

तुलसी की मम्मी बहुत खुश थी। उसे लग रहा था कि जैसे तुलसी ही इतने सालों के बाद लौट आई हो। वह खुशी खुशी अपने घर गई। घर जाकर उसने तुलसी का कमरा लगभग वैसा ही कर दिया जैसे यह बीस वर्ष पहले था। कमरे को अच्छी तरह संवारने के बाद वो आकर लाबी में बैठ गई। आज बहुत थक गई थी और घुटनों का दर्द भी बढ़ गया था। बैठी बैठी दोनों हाथों से अपने घुटने दबाने लगी। तभी तुसली के पापा अन्दर से आए और बोले,

"अरे भाग्यवान आज क्यों तुलसी के कमरे में घुसी हुई हो। कितनी बार कहा कि अब उम्र हो गई है, तुम इतना काम मत किया करो। वैसे भी क्या जरूरत है तुलसी के कमरे की इतनी सफाई करने की।"

"ओह हो। मैं तो आपको बताना ही भूल गई कि कल तुलसी आ रही है। हम उसे हस्पताल से घर ले आएंगे और जब तक वो पूरी तरह ठीक नहीं हो जाती वो हमारे साथ ही रहेगी।"

तुलसी की माँ ने कहा। जिस पर तुलसी के पापा को गुस्सा आ गया और वो बोले,

"अरे तुलसी की माँ, मुझे हैरानी हो रही है कि इतना बड़ा फैसला लेने से पहले तुमने एक बार भी मुझे पूछना आवश्यक नहीं समझा? एक बार मेरी सलाह ही ले लेती। सलाह क्या लेनी तुमने तो एक बार बताया भी नहीं। तुम भावनाओं में बह कर यह फैसला ले रही हो। इसके क्या परिणाम हो सकते हैं तुम्हें तो अन्दाज़ा भी नहीं।"

"अजी कुछ नहीं होगा। आप तो यूँ ही घबरा रहे हैं। जैसे तुलसी बीस साल पहले हमारे साथ रहती थी वैसे ही अब भी रह लेगी।"

तुलसी के पापा की बात बीच में ही टोकते हुए बोली। तो तुलसी के पापा ने कहा, "तुम मेरी बात ध्यान से सुनो। एक बात तो यह मान लो तुम कि वो हमारी बेटी तुलसी नहीं है। वो पराई लड़की

है जिसका नाम वृंदा है। हमारी तुलसी इस दुनिया में नहीं है। उसे यह दुनिया छोड़े लगभग 20 वर्ष हो चुके है। पराई लड़की को हम अपने घर कैसे रख सकते हैं। कल कोई ऊंच नीच हो गई तो कौन जिम्मेवार होगा? सबसे बड़ी बात कि वो लड़की बीमार है। अगर उसकी तबीयत बिगड़ जाती है तो हम कहाँ ले कर घूमेगी। 65 का मैं हो गया हूँ और 60 की तुम हो गई हो। हमारी बेटी माया भी कनाडा रहती है। ऐसे में कौन हमारी सहायता करेगा। इसलिए मेरा विचार है कि तुम वृंदा को घर लाने की ज़िद छोड़ दो। उसके माँ बाप को ले जाने दो। उनके पास रहकर वो अपने आप ठीक हो जाएगी।"

यह सुनते ही तुलसी की माँ की आँखों में से आंसु छलकने लगे। रोते रोते वो बोली,

"आप ने देखा नहीं ना। आप देखते तो आपका दिल भी पिघल जाता। जिस तरह उम्मीद भरी नज़रों से वो मुझे देखती है और मम्मी मम्मी बोलती है। मैं आप के हाथ जोड़ती हूँ। कृप्या मुझे तुलसी को घर लाने दो। मैं उसे दोबारा खोना नहीं चाहती। इस बार अगर मैंने उसे खो दिया तो शायद मैं सहन न कर पाऊँ और मर ही जाऊँ।"

"अच्छा अच्छा ऐसी बातें मत करो। तुम्हारी ज़िद है तो ले आओ अपनी तुलसी को घर। अब इस उम्र में मैं तुम्हारा दिल भी नहीं तोड़ सकता।"

तुलसी की मम्मी की बात बीच में ही काटते हुए तुलसी के पापा ने कहा तो तुलसी की माँ ने हाथ जोड़कर उनका धन्यवाद किया और खुशी खुशी तुलसी के आने की तैयारी करने लगी। उसने तुलसी की फोटो से हार उतार दिया। तुसली के कमरे को वैसे ही संवारने की कोशिश की जैसे वो तुलसी के मरने से पहले था। उसके तो पाँव धरती पर नहीं लग रहे थे। बरसों से दिल के कब्रिस्तान में दबी हुई ममता फिर से सांसे लेने लगी है और सारा प्यार फिर

से जाग उठा है। दुःख दर्द को बीस वर्ष को वह भूलने की कोशिश कर रही थी। उसे लगा रहा था। कि वो वृंदा को नहीं, तुलसी को घर ला रही है जिसे 18 वर्ष पहले उसने अपने गर्भ से जन्म दिया था। खुशी उससे भी अधिक थी जब वह उसे हस्पताल से पहली बार अपनी गोद में समेटकर लाई थी। माँ का दिल खुशी से भरा हुआ था और एक बार फिर से उसकी खाली गोद भरने जा रही थी। आज रात तो नींद भी नहीं आएगी, शायद बहुत लम्बी रात होगी क्योंकि कल उसकी तुलसी के कुंआरे कंगन की खनक फिर उसके घर में गूँजेगी और पूरा घर उसकी हँसी से चहक उठेगा।

आखिर वो लम्बी रात भी सुबह में बदल गई। तुसली की माँ जल्दी जल्दी अपना काम निपटाने लगी। तुलसी के पापा को नाश्ता देकर दोपहर का खाना तैयार करने लगी। काली माँह की दाल और भरवाँ भिंडी तुलसी को बहुत पंसद थी तो माँ ने वही बनाई। अब नहा धोकर तैयार होकर वो कबीर की प्रतीक्षा करने लगी क्योंकि कबीर ने कहा था कि वो 11 बजे पहुंच जाएगा। बाहर कार का हार्न सुन कर तुलसी की माँ उठ कर अपने पति से बोली,

"मुझे लगता कबीर आ गया है। मैं तुलसी को लेने जा रही हूँ। कृप्या आप भी खुश हो जाएं।"

कह, कर अपना पर्स उठाकर वह गेट से बाहर आ गई। बाहर कबीर कार में उसकी प्रतीक्षा कर रहा था। जब वह कार में बैठी तो कबीर ने उसके पाँव छुए और माँ ने उसे अशीर्वाद दिया। कबीर कार में हस्पताल की ओर चल पड़ा। लगभग बीस मिनट में वो हस्पताल पहुंच गए। वो सीधे वृंदा के कमरे में गए जहाँ वृंदा बेसब्री से उनकी प्रतीक्षा कर रही थी जबकि उसके माँ बाप बहुत चिन्तित थे। क्योंकि वो कभी अपनी बेटी के बिना नहीं रहे थे और अब बिलकुल अनजान लोगों में अपनी प्यारी बेटी को छोड़ना बहुत मुश्किल लग रहा था। दिल पर पत्थर रख कर उन्हें यह फैसला

लेना पड़ रहा था। वो अपना सामान बाँध रहे थे और अपने घर वापिस जाने की तैयारी कर रहे थे।

जबकि वृंदा बहुत खुश थी क्योंकि वो तुलसी की माँ के साथ अपने घर जा रही थी। उसने अपना बैग बांध लिया था कि तुलसी की माँ और कबीर कमरे में दाखिल हुए। वृंदा के चेहरे पर खुशी की चमक आ गई। उठकर तुलसी की माँ से लिपट कर बोली,

"माँ आप आ गई। मैं कब से आपकी ही प्रतीक्षा कर रही थी।"

तुलसी की माँ ने प्यार से उसके सिर पर हाथ फेरा और कहा।

"चलो बेटा अपने घर चलें।"

उसने मुड़कर देखा तो वृंदा की माँ की आँखे आँसुओं से भरी हुई थी। उसको बाहों में भर कर तुलसी की माँ ने कहा,

"बहिन जी आप उदास मत होईए आपका जब भी दिल करे आप आकर तुलसी को मिल सकते हैं, आप कभी भी फोन कर सकते हैं, आप मुझे अपनी बड़ी बहिन ही समझो।"

वृंदा की माँ ने रोते रोते सिर हिलाया और बोली,

"बहिन जी अब आपका ही सहारा है। हम अपनी बेटी से अलग कभी एक दिन भी नहीं रहे। अब पता नहीं कैसे हिम्मत करके छोड़ रहे हैं और आस करते हैं कि वो जल्दी ठीक हो जाए और उसे सब याद आ जाए।"

तुलसी की माँ ने कुसुम के सिर पर हाथ फेरते हुए उसको ढाढंस बंधवाया।

वृंदा के माँ बाप भारी मन से अपने घर को चले गए और कबीर वृंदा और तुलसी की माँ को साथ ले कर तुलसी के घर की ओर चल पड़ा।

वृंदा बहुत खुश थी। उसे लग रहा था कि कितने दिनों बाद वो अपने घर जा रही है। उसे अपने माँ बाप से बिछुड़ने का रत्ती भी दुःख नहीं था। चहक चहक कर वो कार की खिड़की में से झांक रही थी। बेसब्री से इन्तज़ार था कि कब घर पहुंचे।

घर आ गया और कार से उतर कर वृंदा गेट खोल कर घर के अन्दर भाग कर गई। पीछे पीछे तुलसी की माँ और कबीर हाथ में उसका बैग ले कर आ रहा था। वो सीधे अपने कमरे में गई, दुपट्टा उतार कर बिस्तर पर फैंक दिया और बोली,

"शुक्र है भगवान का मैं अपने घर आ गई।"

फिर अपनी मां को आवाज़ लगाई,

"मम्मी पापा कहाँ हैं? मुझसे मिलने हस्पताल भी नहीं आए।"

"बेटा अपने कमरे में हैं, बुला ला सब बैठ कर खाना खाते हैं, तुम्हें भी भुख लग गई होगी।"

तुलसी की माँ बोली।

अपनी मम्मी की आवाज़ सुन कर वो सीधी अपने पापा के कमरे में गई। वो कुर्सी पर बैठे थे। झट से उनके गले लग कर रोने लगी और बोली,

"पापा क्या आप मुझसे नाराज़ हैं आप मुझे मिलने हस्पताल भी नहीं आए, तुलसी के पापा ने वृंदा का चेहरा ऊपर को कर के देखा एक बार तो सिर चकरा गया। ये तो तुलसी ही थी। वही शक्ल, वही आवाज़, वही बात करने का अन्दाज़। वृंदा के गले लगते ही वो अपना सारा गुस्सा, सारी ज़िद भूल गए। वृंदा का माथा चुमा और उसे गले लगा कर रोने लगे और बोले,

"कहाँ चली गई थी मेरी बिटिया। मैं तुमसे कभी नाराज़ हो सकता हूँ।" ऐनक उतार कर आँसू पोंछते हुए बोले। तभी वृंदा ने गौर से तुलसी के पापा को देखा और ऊँची ऊँची हसंने लगी। वो

घबरा गए, तभी हंसी की आवाज सुनकर तुलसी की माँ और कबीर भी वहां आ गए। वो भी हैरान थे कि वृंदा को क्या हुआ। कोई दौरा तो नहीं पड़ा क्योंकि है तो, वो बीमार ही। तभी तुलसी की माँ उसके सिर पर हाथ फेरते हुए बोली,

"बेटा क्या हुआ? तू ठीक तो है ना? डाक्टर के पास चलें।"

पर वृंदा बेतहाशा हंसती जा रही थी। मम्मी तो बहुत घबरा गई। पापा भी हैरान थे और कबीर डाक्टर साहिब को फोन करने लगा था कि थोड़ी हंसी रोक कर वृंदा बोली,

"पापा को क्या हो गया? इनके बाल कहाँ गए? मैं कुछ दिन बेहोश क्या हो गई कि सब बदले बदले नज़र आते हैं। पर पापा तो बालों के बिना कितने Funny लग रहे हैं। पापा क्या हो गया आपको? वृंदा फिर हंसने लगी क्योंकि बीस वर्ष तो उसके जीवन से गायब हो चुके थे। उसे लग रहा था कि एक्सीडेंट के बाद अब वो ठीक हो कर अपने घर आई है। जो जीवन उसने वृंदा के रूप में जीया है वो पन्ने तो बिल्कुल साफ हो चुके है।

वृंदा ने जब बात की तो कबीर और मम्मी को कुछ हौसला हुआ के वृंदा को कोई दौरा नहीं पड़ा। वो तो पापा को गंजे हुए देख कर हंस रही थी और पापा अपने आँसू पोंछ रहे थे। तभी वृंदा पापा की बाजू पकड़ कर बोली,

"पापा चलो खाना खाते हैं। बहुत भूख लगी है। वैसे भी लग रहा कि माँ के हाथ का खाना खाए मुद्दत हो गई।"

तभी कबीर की तरफ मुँह करके बोली, "कबीर तुम भी खाना यहीं खा लो। पता मेरी मम्मी बहुत ही स्वाद खाना बनाती है।"

और पापा की बाजु पकड़ कर खाने की मेज की ओर चल पड़ी।

मम्मी ने खाना मेज पर रख दिया था। मेज़ पर आकर, डोंगे का ढक्कन उठाया तो वृंदा खुशी से उछल पड़ी और बोली,

"वाह काली दाल, और भरवाँ भिंडी। आज तो मैं अकेली ही सब खा जाऊँगी। दोनों ही मेरी पसंद की।"

फिर मम्मी को बाहों में भर कर बोली, "थैंक्यु मम्मी। आप मेरा कितना ख्याल रखते हो। आप बहुत अच्छी हो। मैं आपसे बहुत प्यार करती हूँ।"

तो मम्मी ने भी प्यार से उसका माथा चूम लिया जैसे वो कभी तुलसी को चूमा करती थी।

सभी बड़े स्वाद से खाना खाया। खाना खा कर बाय बोल कर कबीर अपने घर को चला गया। वृंदा जो काफी थकावट महसूस कर रही थी। अपने कमरे में जा कर सो गई। उसके मम्मी पापा बैठे बातें कर रहे थे जब उसको याद आ जाएगा कि वो तुलसी नहीं वृंदा है तो क्या होगा? पापा को इस बात की बहुत चिन्ता थी।

ऐसे ही दिन बीतने लगे। वृंदा तुलसी बन कर घर में ऐसे रह रही थी जैसे वो कभी इस घर से गई ही न हो। तुलसी के माँ बाप बहुत खुश थे। उनके घर में तो रौनक फिर से आ गई थी। उन्हें लग रहा था जैसे तुलसी कहीं गई थी और अब वापिस अपने घर में आ गई थी। कभी कभी तुलसी कबीर को फोन करती तो वो औपचारिक सी एक दो बातें कर के फोन रख देता। तुलसी को कबीर का यह व्यवहार अच्छा नहीं लगता क्योंकि वो तो जिन्दगी के उसी मोड़ पर ठहर गई थी जब उसका और कबीर का प्यार परवान चढ़ रहा था और वह दोनों एक दूसरे के प्यार में पूरी तरह डूबे हुए थे। पर दूसरी तरफ कबीर ने 20 वर्ष की जुदाई झेली थी और अपने प्यार को अपने सामने चिता में जलते हुए देखा था। जिसके लिए वो खून के आँसू रोया था और पल पल तिल तिल करके जला था। उसे तुलसी के अन्तिम शब्द कभी नहीं भूले थे जब इस दुनिया से विदा होते होते उसने कहा था,

"कबीर मेरा इन्तज़ार करना। मैं वापिस अवश्य आऊँगी।"

और आज अपने अधूरे प्रेम को पूरा करने के लिए वो दूसरा जन्म ले कर कबीर के पास आई थी। कबीर को यकीन ही नहीं हो रहा था कि उसकी तुलसी वापिस आ गई है।

एक दिन वृंदा ने कबीर को फोन किया और उससे मिलने का आग्रह किया। पहले तो कबीर ने थोड़ी आनाकानी की पर जब वृंदा ने ज़िद की तो वो मान गया। वृंदा ने उसे झील पर जाने को कहा तो कबीर ने कहा कि कहीं और चलते हैं। अगले दिन नियत समय पर कबीर कार लेकर पहुँच गया तो वृंदा ने मम्मी को बताया कि वो कबीर के साथ घूमने जा रही है, जल्दी वापिस आ जाएगी।

वृंदा कबीर के साथ कार में बैठ गई। वृंदा ने कबीर से पूछा,

"हम कहाँ जा रहे हैं?"

"एक बड़ी अच्छी पार्क है। शहर से थोड़ी बाहर जा कर है पर बड़ी शान्त है। वहाँ बैठकर आराम से बातें करेंगे।" कबीर बोला।

लगभग आधे पौने घण्टे के बाद वो एक पार्क के पास पहुँच गए। वहाँ कबीर ने गाड़ी खड़ी कर दो और दोनों पार्क के अन्दर चले गए। बड़ा शान्त महौल था। काफी बड़ी पार्क थी। थोड़ी थोड़ी दूरी पर बैठने के लिए बैंच बने हुए थे। क्यारियाँ रंग बिरंगे फूलों से भरी हुई थी। पार्क के अन्दर चारों तरफ सैर करने के लिए ट्रैक बनाया हुआ था। बहुत कम लोग वहाँ पर थे। साथ ही एक छोटी सी चाय की दुकान थी। सैर करने के बाद लोग चाय ले कर बैंच पर बैठते और गपशप करते थे।

कबीर जानबुझ कर झील पर नहीं जाना चाहता था। क्योंकि एक तो वहाँ कालेज के बहुत से विद्यार्थी जाते थे और दूसरे जिस प्रकार वो आराम से बैठकर वृंदा से बात करना चाहता था। वो वहाँ पर नहीं होनी थी। क्योंकि वहाँ पर बहुत हलचल होती है। कबीर और वृंदा एक वैंच पर बैठ जाते हैं। कबीर ने वृंदा से चाय के लिए पूछा तो वृंदा ने हाँ में सिर हिलाया। कबीर दो कप चाय के ले

आया। वृंदा और कबीर दोनों चुपचाप चाय पी रहे थे तो कबीर ने वृंदा से कहा,

"सुनो, एक बात पूछूँ?"

तो वृंदा ने कहा कि पूछो। कबीर ने पूछा, "मुझ पर भरोसा करती हो।"

"रब्ब से भी ज्यादा।" वृंदा बोली। "ठीक है। मैं तुमसे कुछ बातें करना चाहता हूँ अगर तुम ध्यान से सुनो और मुझ पर विश्वास करो कि मैं जो भी कहूँगा वो बिल्कुल सच कहूँगा और तुम्हारे भले के लिए ही कहूँगा।

कबीर अभी बात कर ही रहा था कि वृंदा ने उसका हाथ पकड़ लिया और कहा "कबीर तुम जो भी कहोगे मैं उसे ब्रह्म वाक्य की तरह ही मानूँगी। बस मुझसे जुदा मत होना, मैं मर जाऊँगी। ऐक्सीडैंट के बाद मुझे सब बदले बदले लग रहे हैं, तुम भी।" और वो रोने लगी। उसके आँसू पोंछते हुए कबीर बोला, "तेरे, यही सब सवालों का जवाब देना चाहता हूँ। तू बस आँखें बंद करके मुझ पर भरोसा करना।"

कबीर का हाथ चूम कर वृंदा ने कहा कि ठीक है। कबीर ने बोलना शुरू किया पिछले जन्म की बातें वो बता रहा था जो वृंदा को सब याद था और वो बड़े ध्यान से सुनती रही। फिर कबीर ने उससे पूछा "तुम्हें पता ऐक्सीडैंट के बाद क्या हुआ?"

"हाँ मैं कई दिन बेहोश रही और होश आने पर जो हुआ वो सब तुम्हारे सामने ही हुआ।" वृंदा ने कहा "बस यही सच्चाई है जो तुम्हें याद नहीं। मैं वही बताना चाहता हूँ। उसके बाद जो तुम्हारा फैसला होगा वो मैं मान लूँगा।

कबीर ने कहा और वह धीरे धीरे उसे समझाने लगा कि ऐक्सीडैंट के बाद वो मर गई थी और कबीर की दुनिया ही उजड़ गई थी। वह गहरे सदमें में चला गया था। पर तुलसी उसे मरने से पहले

कह गई थी कि मैं उसका इन्तज़ार करूँ, क्योंकि वो वापिस लौटकर अवश्य आएगी। और मैं आज तक उसका ही इन्तज़ार करता रहा हूँ। पर मुझे नहीं पता था कि वो मुझे वृंदा के रूप में मिलेगी। कबीर बात कर ही रहा था कि वृंदा ने उसे बीच में ही टोका और कहा, "पर अब तो मैं तुम्हें मिल गई हूँ ना। अगर तुम्हारी सब बातें सच हैं तो भी मैंने अपना वचन निभाया और तुम्हारे पास वापिस आ गई चाहे मुझे आने में बीस बरस लग गए। अब तो तुम्हें खुश होना चाहिए। इतना संकोच क्यों?"

"तुम ठीक कह रही हो कि तुम वृंदा का रूप ले कर मेरी तुलसी ही वापिस आ गई है। पर सोचो अगर तुम्हें इस जन्म की बातें याद आ गई तो तुम क्या सोचोगी कि मैंने तुम्हारी यादाश्त जाने का फायदा उठाया। नहीं मैं अभी तुम्हें तुलसी के रूप में नहीं अपना सकता। तुम्हें इस जन्म की बातें भी याद आ जाएँ और यह भी पता चल जाए कि तुम मुझसे 18 वर्ष छोटी हो। फिर भी अगर तुम अपने कबीर की होना चाहो तो मुझे से अधिक खुश और किस्मत वाला इन्सान दुनिया में नहीं होगा जिसे उसका प्यार फिर से जन्म ले कर मिला। जहाँ मैंने इतने वर्ष तुम्हारा इन्तज़ार किया है, वहाँ कुछ देर और सही। मुझे भगवान पर पूरा भरोसा है कि अगर वो तुम्हें मेरे पास ला सकता है तो तुम्हारा और मेरा मिलन भी करवा सकता है। मैं इन्तज़ार करूँगा।"

कहकर कबीर वृंदा की ओर देखने लगा। वृंदा ने कबीर को गले लग कर कहा,

"कबीर मैं भी इन्तज़ार करूँगी। जहाँ तुमने इतना लम्बा इन्तज़ार किया वो भी मेरी कही एक बात पर तो मैं तो कर सकती हूँ जबकि मेरा प्यार तो मेरे सामने रहेगा। मैं जब चाहूँ तुमसे मिल सकती हूँ, तुम्हें महसूस कर सकती हूँ। मेरा इन्तज़ार इतना कठिन नहीं है।"

झिझकते हुए कबीर ने भी वृंदा को आलिंगनबद्ध किया और ऐसे लगा जैसे पूरे वातावरण में मधुर मिलन का संगीत बज रहा हो। अंगणित घण्टियों की ध्वनि गूंज रही हो और शाम के धुंधलके में हजारों मोमबत्तियाँ जग उठी हों। बरसों से प्यासे मन पर प्रेम की बरसात ज्यों हो गई थी और दोनों उस बरसात से सराबोर हो गए थे। तभी कबीर ने कहा,

धरा गर्मों की मारी पर

इक सुंदर सपना पाया है।

तेरी जुल्फें खुली घिरे हों बादल जैसे

आँखे तेरी नील कमल और सागर जैसे

वृंदा तो जैसे, कबीर में डूबती जा रही थी। कबीर ने वृंदा को पकड़कर अलग करते हुए कहा,

"लगता है मेरी तपस्या के सफल होने का समय भी पास आ गया है। आशा करता हूँ कि तुम्हें एक दिन जल्दी ही सब याद आ जाएगा और हम दोनों फिर से एक हो जाएँगें।

"भगवान करे वो दिन जल्दी ही आए।"

वृंदा ने हाथ जोड़ कर आकाश की तरफ देखते हुए कहा। फिर दोनों घर की और चल पड़े।

इसी तरह दिन बीतते गए। कबीर और वृंदा सप्ताह में एक दो बार मिल लेते। कबीर के समझाने का वृंदा पर बहुत असर हुआ था। उसके माता पिता भी हर सप्ताह उससे मिलने आते थे। अब वह उनके साथ अच्छी तरह बैठती, बातें करती और वो भी खुश हो जाते।

इसी तरह समय निकल रहा था। कबीर इन्तज़ार कर रहा था कि कब वृंदा की यादाश्त वापिस आए। एक दिन वो जा रहे थे कि अचानक सामने से एक बाईक उनकी गाड़ी में लगी। बाईक सवार

लड़का लड़की गिर गए। उन्हें देखकर वृंदा ने चीख मारी और बेहोश हो गई। गाड़ी अधिक तेज़ नहीं थी सो बाईक सवार लड़का लड़की को तो चोट नहीं लगी पर घबरा कर वृंदा बेहोश हो गई कबीर उसको हिला रहा था और बोल रहा था वृंदा कुछ नहीं हुआ। वो दोनों ठीक हैं। पर वृंदा कोई उत्तर नहीं दे रही थी। सो कबीर उसे ले कर हस्पताल चला गया और तुलसी के माता पिता को फोन कर दिया।

हस्पताल में डाक्टर साहिब ने तुलसी का चैकअप किया और दाखिल कर दिया। डाक्टर साहिब ने कहा।,

"घबराने की कोई आवश्यकता नहीं बस डर कर बेहोश हो गई है। सुबह तक होश आ जाएगा।

वृंदा के माता पिता को भी फोन कर दिया गया था। दो घंटे में वो भी पहूँच गए। वृंदा और तुलसी के माँ बाप वृंदा के होश में आने की दुआँए मांग रहे थे। वृंदा की माँ तो रोए जा रही थी और यही कह रही थी, "पता नहीं मेरी बेटी को किसकी नज़र लग गई। अच्छी भली थी, बहुत खुशी खुशी हम अपना जीवन बिता रहे थे कि इस शहर में आ कर मेरी बेटी को तो, नज़र ही लग गई। भगवान करे, ये ठीक हो जाए तो पिण्डोरी वाले बाबा जी के माथा टेकने के लिए ले जाऊँगी।,

तुलसी की माँ भी रो रही थी पर वो वृंदा की माँ को हौंसला भी दे रही थी और कह रही थी, "कुसुम बहिन, कुछ नहीं होगा हमारी बेटी को। दो दो माताओं की दुआँए और आशिर्वाद उसके साथ है। जल्दी ही ठीक हो जाएगी।

उधर कबीर को भी चैन नहीं आ रहा था। वो सोच रहा था कि होश में आने के बाद वृंदा उसे पहचानेगी भी या नहीं। जिस इन्तज़ार को वो पूरा हो गया समझ रहा था कहीं वो और लम्बा ना हो जाए। इसी उधेड़ बुन में खड़ा था कि डाक्टर साहिब ने आकार बताया कि वृंदा को होश आ गया है तो सभी कमरे में चले गए।

सभी वृंदा से मिले तो वृंदा ने कहा, "आप सब प्लीज बाहर चले जाए और सिर्फ कबीर को रहने दें। मुझे कबीर के साथ कुछ बात करती है। फिर मैं आप सबसे मिलूंगीं।

सभी कमरे से बाहर चले गए। कबीर कमरे में था। कबीर वृंदा के पास गया तो वृंदा उसके गले लग कर रोने लगी। कबीर हैरान था कि उसे क्या हो गया था। वह उसे चुप कराने की कोशिश कर रहा था कि वृंदा ने कहा,

"कबीर मुझे सब याद आ गया है। यह जन्म भी और पिछला भी अब सब कुछ स्पष्ट हो गया है। कुछ कहने की जरूरत नहीं। कबीर मैं तुमसे बेहद प्यार करती थी और अब भी करती हूँ। ये ऐसा प्यार है जो मर कर भी नहीं समाप्त हुआ। शरीर जल गया पर मेरा प्यार और तेरे प्यार की निशानी जल कर भी नहीं जली। उस जली ब्रेसलैट का 'K' अभी भी मेरी कलाई पर है। सिर्फ तुमसे मिलने के लिए तुम्हारे इन्तज़ार को समाप्त करने के लिए और अपने अधूरे प्रेम को पूरा करने के लिए ही मैं दोबारा इस दुनिया में आई हूँ। शायद हमारे प्रेम के आगे भगवान भी झुक गया, उसे भी मजबूर होकर दोबारा मुझे तुम्हारे पास भेजना पड़ा।

कबीर ने वृंदा को अपने आलिंगन में कस लिया था। आँसू कबीर की आँखों से भी बह रहे थे। ऐसे लग रहा था कि सदियों से रुका हुआ सैलाब अब बह गया है जिसमें तन मन धुल रहे थे। दोनों का इस आलिंगन से बाहर आने का मन नहीं कर रहा था।

उधर दोनों माता पिता सोच रहे थे कि पता नहीं, अब वृंदा के साथ क्या हुआ? पता नहीं उसे क्या भूल गया और क्या याद आ गया? इसी सोच विचार में उनहोंने कमरे का दरवाज़ा खटखटाया तो जैसे वृंदा और कबीर को होश आ गई कि वो हस्पताल में खड़े थे। दोनों अलग हो गए। दोनों ने अपनी आँखे पोछीं, आँसू साफ किए और दरवाजा खोला। वृंदा आ कर अपनी माँ से लिपटकर रोने लगी और बोली।

"मम्मी मुझे माफ कर दो, मैं सब भूल गई थी पर अब मुझे सब याद आ गया है।" वृंदा की मम्मी ने बीच में ही उसे टोका और बोली, "बस मेरा बच्चा अब रोना नहीं। बुरा वक्त टल गया। बहुत बुरी ग्रह दशा थी जो निकल गई पर यह दिन मैंने तुम्हारे बिन कैसे बिताए हैं वो मैं जानती हूँ या मेरा भगवान। बस बेटी अब मैं तुम्हें एक पल भी अपने से अलग नहीं करूँगी। मेरी तो जान तुझ में ही बसती है और जो तुम्हारे पापा का हाल था वो तो मैं बता नहीं सकती।" कहते कहते वृंदा को गले से लगा लिया और उसके सिर पर प्रेम से हाथ फेर रही थी।

उधर तुलसी की माँ एक तरफ कुर्सी पर बैठी रो रही थी। उसे लगा कि अब वृंदा को अपना सब कुछ याद आ गया तो हम तो भूल गए होगें। अब उसे लगा कि उसकी तुलसी एक बार फिर उसे छोड़ कर चली गई। साड़ी के कोने से अपनी आँखे पोंछते हुए वह उठकर चल पड़ी क्योंकि अब उसे यहाँ रूकने को कोई अर्थ नहीं लग रहा था। भारी कदमों से वो कुछ दूर ही गई थी कि पीछे से दो कोमल सफेद बाजू उसकी कमर से लिपट गए। पीछे की ओर मुड़ी तो देखा वृंदा थी। तुलसी की माँ उससे लिपट कर ऊँची ऊँची रोने लगी तो उसको चुप कराते हुए वृंदा बोली,

"माँ आप कहाँ जा रही हो। मैं आपको भूली नहीं। मुझे पिछला जन्म भी बिल्कुल याद है। मैं आपकी तुलसी हूँ। मुझे छोड़कर मत जाओ। मुझे आपके प्यार और आशिर्वाद की भी बहुत आवश्यकता है।" और तुलसी की माँ को कस कर गले लगा लिया। सभी मिलकर तुलसी के घर चले गए। वहाँ सबने चाय आदि पी तो कुछ देर रूकने के बाद वृंदा की माँ बोली,

"चलो बेटी अब अपने घर चलो। हम तो तुम्हारी आवाज़ सुनने को तरस गए थे।"

कुछ दिन और यहाँ रहने दो कुसुम। एक दम से चली जाएगी तो बहुत उदासी छा जाएगी। कुछ दिन बाद ले जाना।" "वो तो

आप ठीक कह रहे हो बहिन जी पर हमारे घर में वृंदा के बिना वीरानगी छाई हुई है। वैसे जैसे वृंदा कहेगी वैसे ही कर लेंगे।" वृंदा की मम्मी ने कहा।

इतने में वृंदा भी आ गई। दोनों की बातें सुनकर वृंदा बोली, "मम्मी मुझे कुछ दिन और यहाँ तुलसी बन कर रहना है। उसके बाद मैं आपके पास आ जाऊँगी।"

वृंदा की माँ ने अनमने से हाँ की और कुछ देर बाद वृंदा के माता पिता वहाँ से चले गए। वृंदा कबीर के साथ चली गई। कबीर और वृंदा कबीर के घर गए। वहाँ कबीर की माँ बड़े प्रेम से मिली। कबीर और वृंदा उनके घर के बीगचे में तुलसी के पौधे के पास बैठ गए और कबीर ने अपने नौकर को वही चाय लाने को बोल दिया। तभी कबीर ने वृंदा को कहा "तुम्हें पता है यह तुसली मैया मेरे हर दुःख दर्द की साझीदार है। मेरे मन की व्यथा से बहुत अच्छी तरह से परिचित है। अपना सारा दुःख दर्द इसी तुलसी के साथ बांटता था और मुझे लगता था कि तुम सुन रही हो।"

बात करते करते कबीर ने वृंदा का हाथ पकड़ लिया। वृंदा ने कहा, "मैं सब समझ सकती हूँ। मेरे बोले हुए तीन शब्द कि 'मैं वापिस आऊँगी' तुम्हारे जीने की वजह बनी। मैं तुम्हारा शुक्रिया नहीं अदा कर सकती जो तुमने मेरा इतना लम्बा इन्तज़ार किया वो भी मेरे मर जाने के बाद।"

कहते कहते वृंदा की आँखों से आँसू छलक आए और कबीर धीरे से उसकी कलाई को सहला रहा था जहाँ अभी भी 'K' का निशान था और सोच रहा था कि भगवान की लीला को सच में कोई नहीं जान सकता। मैं शायद उस भगवान के भरोसे ही तुलसी का इन्तज़ार करता रहा। और आज मेरी तुलसी मेरे पास है। सोचते सोचते उसने तुलसी की कलाई को चुम लिया।

वृंदा तुलसी के घर वापिस आ गई। तुलसी के माता पिता बहुत खुश थे कि वृंदा को सब याद आ गया और अब वह एक सामान्य

जीवन व्यतीत कर सकती है। ऐसे ही दिन बीत रहे थे कि एक दिन तुलसी की माँ ने कहा कि अब हमें वृंदा और कबीर की शादी की बात चलानी चाहिए। तो तुलसी के पापा ने कहा कि इसके लिए वृंदा के माता पिता की सहमति भी बहुत आवश्यक है। इसलिए उन्होंने फोन करके वृंदा के माता पिता को बुलाया और उनसे आग्रह किया कि अब वृंदा और कबीर की शादी कर देनी चाहिए पर वृंदा की माँ तो जैसे अड़ गई और उसने कहा,

"बहिन जी, ये कैसे हो सकता है? मेरी बेटी सिर्फ बीस वर्ष की है और कबीर चालीस का। उम्र में दोगुना अन्तर है। ना ना, मैं अपनी फूल सी बेटी एक इतनी बड़ी उम्र के आदमी को नहीं दे सकती। मुझे नहीं लगता कि वृंदा के पापा भी इस रिश्ते को मानेंगे।"

"पर कुसुम बहिन जी आप ज़रा सोचो कि तुलसी कबीर के लिए ही मर कर दोबारा जन्म ले कर वृंदा बनकर आई है। जिस सम्बंध को मौत भी न तोड़ सकी, भला उस सम्बंध को जुड़ने से हम और आप क्या रोकेंगे।"

तुलसी की माँ ने समझाते हुए वृंदा की माँ को कहा। पर वृंदा की माँ तो किसी तरह नहीं मान रही थी। उसका तो एक ही तर्क था कि उम्र में बहुत फर्क है जो उसे मंजूर नहीं। फिर तुलसी की माँ ने यह कह कर बात समाप्त की कि वो एक बार ठण्डे दिमाग से सोचे। वृंदा कबीर तो अपनी दुनिया में खोए हुए थे। उनकी खुशी का कोई ठिकाना नहीं था क्योंकि पिछले जन्म के बिछुड़े हुए प्रेमी इस जन्म में मिल गए थे। ये कोई भगवान की लीला थी या कुदरत का करिष्मा। पर अब दोनों की दुनिया एक दूसरे से ही जुड़ी हुई थी।

जिसमें वृंदा और कबीर खुश थे। उतनी ही वृंदा के घर में परेशानी थी। उसके माँ बाप वृंदा और कबीर की शादी के लिए नहीं मान रहे थे। यह बात वृंदा को पता लग गई। वृंदा अपने घर गई हुई थी। वह बहुत रोई, गिड़गिड़ाई पर उसकी माँ नहीं मान रही थी।

वो कह रही थी कि वृंदा अभी बच्ची है। जीवन की वास्तिविकता से अनभिज्ञ सो वो तो जान बूझकर अपनी बच्ची का बुरा नहीं कर सकती। उससे दुगनी उम्र के आदमी के साथ अपनी बेटी की शादी नहीं कर सकती।

जब किसी तरफ बात बनती नहीं दिखी तो वृंदा ने सोचा कि वो अपनी नानी से मिलने जाएगी। उसे लगता था कि सबसे अधिक प्यार उसकी नानी ही करती थी। इस बात के लिए उसकी माँ भी मान गई। उसकी माँ ने कहा,

"ठीक है वृंदा तुम नानी के पास जा आओ जैसे नानी कहेगी वैसे ही कर लेंगे। वृंदा ने कबीर को फोन करके बुला लिया और उसे नानी के पास जाने को मना लिया। उसे लगता था कि वो दोनों साथ साथ जाएँगे तो नानी पर अच्छा प्रभाव पड़ेगा।

अगले दिन ही दोनों नानी के पास चले गए। नानी लगभग 75 वर्ष की थी। दिखने में बड़ी ही सौम्य लगती थी। सफेद साड़ी सफेद बाल, माथे पर चंदन का टीका। कानों में सोने की बालियाँ थीं, गले में चेन और एक रूद्राक्ष की माला थी। एक एक रूद्राक्ष सोने में जड़ा हुआ था और बाहों में सोने के कड़े थे और हाथ में चंदन की माला पकड़े आँगन में कुर्सी पर बैठी थी। वृंदा के नाना जी तो कई वर्ष पहले ही स्वर्ग सिधार गए थे। नानी यहाँ गाँव में अकेली रहती थी। एक परिवार का अपने घर रहने की जगह दी हुई थी तो वही औरत जिसका नाम पार्वती था, घर का सारा काम और नानी की देख रेख करती थी। वृंदा को देख कर तो नानी की आँखों में चमक आ गई। नानी ने उठ कर वृंदा को गले से लगा लिया। कबीर ने भी नानी के पैर छूए। नानी ने उसे भी आशिर्वाद दिया और उनके साथ अन्दर कमरे में आ गई। उसको पहले ही पता था कि कबीर और वृंदा आने वाले हैं। वृंदा देर तक नानी से बातें करती रही। तब तक पार्वती ने खाने की तैयारी करने लगी। तभी वृंदा ने अपनी समस्या नानी को बताई और उसका हल पूछा। नानी ने कहा,

"बेटी तेरी खुशी में ही सब की खुशी है। पर सोचो तो तेरी माँ भी कुछ गलत तो नहीं कह रही। वो तेरे आने वाले जीवन में आने वाली समस्याओं के बारे सोच रही है।"

"तो मैं यह समझू नानी कि आप भी मेरी और कबीर की शादी का विरोध कर रही हो। मुझे तो आप से बहुत आस थी।"

रूआसी सी आवाज़ में वृंदा ने कहा तो नानी ने उठ कर उसके सिर पर हाथ फेरते हुए कहा,

"बेटा मैंने ऐसा तो नहीं कहा। तुम्हें पता है कि कितनी मन्नतों के बाद तुम्हें हमने पाया था। हम कभी भी तुम्हें दुःखी देख कर नहीं खुश। अब तुम मेरे पास आई हो तो मैं तो तुम्हारी समस्या का हल अवश्य निकाल लूँगी। मैंने अपने गुरूदेव से बात की है। सो अभी दोनों खाना खा कर सो जाओ। कल को सुबह जल्दी यहाँ से चलना होगा। गुरूदेव ने सुबह जल्दी बुलाया है।"

सबसे मिलकर खाना खाया और अपने अपने कमरे में जा कर सो गए। पर नींद किसी की आँखों में नहीं थी। नानी प्रार्थना कर रही थी कि गुरूदेव की कृपा से बच्चों के लिए कोई ऐसा हल निकाले कि इनका पिछले जन्म का अधूरा प्रेम इस जन्म में मधुर मिलन बन जाए। कबीर और वृंदा भी अनजाने कल की कल्पना में डूबे हुए थे। वृंदा नानी के पास तो कई बार आ चुकी है पर उनके गुरूदेव के पास पहली बार जा रही है। उनकी फोटो उसने नानी के मन्दिर में देखी है।

अगले दिन सुबह जल्दी उठकर, तैयार हो कर तीनों गुरूदेव के आश्रम की ओर चल पड़े। नानी के गाँव से लगभग एक घंटे का रास्ता था। गुरूदेव का आश्रम एक गाँव में था जिसका नाम 'बाढो की पिण्डोरी' था। ड्राईवर को नानी ने एक रात पहले ही बोल दिया था कि हमने गुरूदेव से मिलने जाना है तो ड्राईवर भी सुबह जल्दी पहुंच गया था। घण्टे भर के सफर के बाद वो लोग गुरूदेव के आश्रम पिण्डोरी पहुंच गए।

बाहर बहुत बड़ा द्वारा था। द्वार से अन्दर गए तो चारों तरफ घने पेड़, फूल आर पौधे लग थे जिनके बीचों बीच रास्ता था। बहुत ही शान्त और लुभावना वातावरण था। घने पेड़ फल फूलों से लदे पड़े थे। क्यारियों में रंग बिरंगे फूल खिले थे। जगह जगह पर भक्तों के बैठने के लिए बैंच बने थे और हल्की हल्की राम नाम की धुन गूंज रही थी। सर्दी का मौसम था और गुलाबी सी धूप खिली हुई थी। आश्रम के अन्दर फोन ले जाने की इजाजत नहीं थी सो फोन गेट पर ही जमा करवा दिए थे। अन्दर इतना शान्त वातावरण था कि दिल करता था कि यहीं बैठ जाएं। नानी के साथ साथ चलते हुए वे एक बड़े हाल में पहुंचे जहाँ पर दीवारों पर साधु संतों के चित्र लगे हुए थे। फर्श पर गदे और सफेद चदरें बिछी हुई थीं। वो वहाँ पहुंचने वाले सबसे पहले लोग थे। क्योंकि वो काफी जल्दी आ गए थ। सामने एक तख्त पोश रखा था जिस पर सफेद चद्दर बिछी थी। दानों तरफ गोल तकिए थे। एक तरफ मेज के ऊपर बड़े गुरूदेव जो अब इस दुनिया में नहीं है उनकी फोटो पड़ी थी जिस पर सफेद फूलों का हार था और सामने धूप और अगरबत्ती जल रही थी। अक्सर गुरूदेव इसी तख्त पोश पर बैठकर अपने भक्तों को दर्शन दिया करते थे।

वो तीनों वहाँ बैठे हुए थे कि एक लड़का जिसने सफेद धोती और कुर्ता पहना हुआ था उनके पास आया और नानी से बोला।

"आप माता जी विमला देवी हैं? हाँ जी बेटा मेरा नाम ही विमला देवी है।" नानी ने उत्तर दिया तो वह लड़के ने फिर कहा,

"आपको गुरूदेव ने अपनी समाधि स्थल पर बुलाया है। आप इन बच्चों को साथ लेकर मेरे पीछे पीछे आ जाओ,

कहकर वो लड़का चल दिया तो नानी भी वृंदा और कबीर को लेकर उसके पीछे पीछे चल पड़ी। साथ साथ वो वृंदा और कबीर से बात कर रही थी,

"बेटा गुरूदेव किसी को भी समाधि स्थल पर आने की आज्ञा नहीं देते। पर पता नहीं हमें क्यों वहाँ बुलाया है? शायद हम बहुत किस्मत वाले हैं कि हमें उनका समाधि स्थल देखने का अवसर मिलेगा।"

हाल से बाहर निकल कर बाईं तरफ ऊपर और नीचे भक्तों के ठहरने के लिए लगभग 50 कमरे थे। दाईं और बड़ा सा लम्बा हाल खाना खाने के लिए था जहाँ पर लगभग 500 लोग एक बार बैठ कर खाना खा सकते थे। वहाँ पर हर रोज तीनों समय लोगों के भोजन करने की व्यवस्था थी। साथ में ही बहुत बड़ी रसोई थी जिसमें लगभग 20 लोग मिलकर सबके लिए खाना बनाते थे। आश्रम के अन्दर ही गरीब बच्चों के लिए मुफ्त शिक्षा का प्रबंध था और दसवीं कक्षा तक स्कूल खोला हुआ था। बीच में ही फ्री हस्पताल था जिसमें आस पास के गांव के लोग भी इलाज के लिए आते थे।

यह सब पार करने के बाद खुली जगह थी जिसमें काफी पेड़ लगे हुए थे। पेड़ों के बीचों बीच सकंरा सा रास्ता था। रास्ता लांघ कर आगे एक गुंबद नुमा गुफा सी बनी हुई थी। वो आदमी आगे आगे चल रहा था और पीछे पीछे नानी, वृंदा और कबीर चल रहे थे। गुम्बद में जाने से पहले लगभग 20-25 फुट लम्बा रास्ता था। लगभग 5 फुट चैड़ा होगा। लाईटें जल रही थी। आगे आगे गुरू जी का सेवक चल रहा था और पीछे पीछे नानी, कबीर और वृंदा जा रहे थे। आखिर में वो गुम्बद में पहुंच गए। जिसके ऊपर टाप पर शीशा लगा हुआ था। दीवारों पर भगवान के धार्मिक बड़े बड़े चित्र लगे थे। गुरू जी के सामने उनके बड़े गुरू जी का बड़ा सा चित्र था जिसके सामने धूप, दीप व अगरबत्ती जल रही थी।

ऊपर गुम्बद के शीशे में से सूर्य की रोशनी छन कर नीचे आ रही थी। जो गुरू जी के मुख मण्डल पर पड़ रही थी। गुरूजी की लम्बी सफेद दाड़ी थी। पीछे पीठ पर लम्बे दुधिया सफेद केश

लहरा रहे थे। वो सफेद धोती पहने हुए थे और कन्धों पर पीले रंग की राम नाम की चादर ओढे हुए थे। उनके मुख मण्डल की आभा देखते ही बनती थी। बिल्कुल सफेद गोरा दुधिया रंग और चेहरे पर लालिमा छाई हुई थी। आभा इतनी तेज थी कि लगातार मुख की ओर नहीं देख सकते थे। गुरू जी आँखे बंद किए हाथ जोड़ कर समाधि में थे।

जब नानी, वृंदा और कबीर अंदर आए तो गुरू जी ने कहा

"विमला देवी आ गई बच्चों को लेकर।"

"हाँ जी गुरू देव", नानी ने उत्तर दिया "आप सामने बैठ जाओ मैं कल से इन बच्चों के लिए ही पूजा पाठ व भक्ति कर रहा हूँ।" गुरू जी ने कहा।

नानी वृंदा और कबीर सामने लगे हुए गद्दे पर बैठ गए। तब गुरू जी बोले, "मैं सब कुछ बाद में समझाता हूँ। पहले, आप लोग सरोवर में स्नान करके शुद्ध हो जाओ। कबीर की तरफ देख कर बोले,

"बालक तुम पहले दूध और फल खालो सेवक तुम्हें परोस देगा। फिर स्नान करके शुद्ध वस्त्र धारण कर लेना। जो तुम्हें सेवक दे देगा। उसके बाद रात 12 बजे तक तुम्हें मेरे साथ पूजा ध्यान में बैठना है। बाकी बात मैं तुम्हें बाद में समझा दूगां। पूजा में सिर्फ तुम ही निराहार बैठोगे। देवी विमला और वृंदा को कमरा दे देते हैं, ये वहाँ जाकर खा पी कर आराम कर सकती है।"

"गुरू देव मैं भी पूजा में साथ बैठना चाहती हूँ अगर आप की आज्ञा हो तो।"

वृंदा ने हाथ जोड़कर गुरूदेव से प्रार्थना की।

आपका बैठना आवश्यक तो नहीं हैं

परंतु अगर तुम चाहो तो बैठ सकती हो पर ध्यान रहे कि किसी प्रकार का विध्न नहीं पड़ना चाहिए। इसलिए आप लोग कमरे में ही बैठ जाओ तो अच्छा होगा।

"गुरू जी में कोई विध्न नहीं डालूगी। बस चुपचाप बैठी रहुँगी। कृपया मुझे भी बैठने की अनुमति दे दो।"

वृंदा ने हाथ जोड़कर कहा।

गुरुदेव ने कहा,

"ठीक है बेटी, जैसी तुम्हारी इच्छा। तुम्हें भी रात के 12 बजे तक बिना कुछ खाए पिए, मौन यहाँ बैठना होगा।"

वृंदा ने हाँ में सिर हिलाया, तीनों ने गुरु जी को प्रणाम किया, और सेवक उनको लेकर समाधि स्थल से बाहर चला गया।

लगभग एक घंटे बाद वृंदा और कबीर उसी सेवक के साथ कमरे में आए। कबीर ने सफेद धोती, पीला कुर्ता और पीले रंग की राम नाम की चादर ओढ़ी हुई थी। माथे पर चंदन का तिलक था और वृंदा ने पीले रंग की साड़ी लगाई थी जिस की किनारी लाल रंग की थी। बाल खुले थे और माथे पर चंदन का टीका था। दोनों ही बहुत ही सौम्य और सुंदर लग रहे थे। एक अलौकिक आभा दोनों के चेहरों से झलक रही थी। सीता राम की जोड़ी लग रही थी। आते ही दोनों ने गुर देव को प्रणाम किया। गुरु जी ने दोनों को सामने भूमि पर लगे आसन पर बैठने का इशारा किया। दोनों बैठ गए तो गुरु जी बोले,

में एक बात बताना भूल गया कि इस पूजा के लिए और साधना के लिए साधक का पूर्व ब्रह्मचारी होना अति आवश्यक है। मैं आशा करता हूँ कि आप दोनों भी पूर्ण ब्रह्मचार्य आश्रम में ही होगें।

"हाँ जी गुरु जी हम दोनों अभी ब्रह्मचर्य आश्रम में ही है" कबीर ने अत्तर दिया।

गुरु जी ने हाँ में सिर हलाया और गंभीर होकर बोले,

"अब मैं जो कहने जा रहा हूं, बहुत ध्यान से सुनना।"

कबीर और वृंदा दोनों हाथ जोड़ कर बैठे हुए थे और दोनों ने हाँ में सिर हिलाया।

गुरु जी ने फिर कहना शुरू किया,

"अब वृंदा बिटिया तू पीछे कोने में जा कर बैठ जाओ। कबीर यह जो पूजा और ध्यान मैं तुमसे करवाने जा रहा हूँ यह तुम्हारे लिए बहुत ही महत्वपुर्ण है। मुझे विमला देवी जी ने सब बता दिया है। अब मैं ऐसा करने का प्रयत्न करूगा, कि तुम दोनों की सब समस्याएं हल हो जाएँ।"

कबीर हाथ जोड़ कर सामने बैठा था उसने बड़े आदर से सिर हिलाया और गुरु जी ने फिर बोलना प्रारम्भ किया,

"देखो बेटा मेरी विद्या के अनुसार यह आज का योग एक हजार वर्ष में बस एक बार आता है। यह योग रात के बारह बजे शुरू होगा। पर तब तक हमें मंत्र जाप करना है और साधना करनी है इस साधना में कोई विघ्न पड़ना चाहिए। आपके पास फोन तो नही है"

"नही गुरू जी, फोन, मैं नानी के पास ही छोड़ आया हूँ।" कबीर ने कहा।

"ठीक है। मैं अब तुम्हें एक मंत्र तुम्हारे कान में देता हूँ। वो मंत्र का जाप लाख बार करना है। यह माला पास रखी है। एक एक माला का पूरा मंत्र जाप करके मेरे हाथ में देते जाओ और यह पास पड़ी सामग्री इस अग्नी धूनी में डालते जाओ। अब तुमसे अंतध्र्यान हो कर एकाग्रचित से इस मंत्र का जाप एक लाख बार करना है। मैं तुम्हारे साथ ही साधना और जाप करूँगा।"

गुरू जी ने इतना कह कर कबीर के कान में उसको मंत्र बता दिया। साथ ही वो वृंदा की ओर मुँह करके बोले

वृंदा बेटी तुमने चुपचाप बैठना है। बिलकुल आवाज नहीं चाहिए नहीं तो तपस्या में विघ्न पड़ जाएगा। क्योंकि यह महाकाल शिव शंकर की पूजा अराधना है सो तुम आँखें बंद करके ॐ नम् शिवय का जाप आपने मन में करती रहे। ईश्वर ने चाहा और यह हमारी साधना सफल हो गई तो आपकी हर समस्या का हल हो जाएगा।

वृंदा ने हाथ जोड़ कर हाँ में सिर हिलाया और साड़ी के पल्लू से सिर ढक कर, आखें बंद करके बैठ गई और मन ही मन शिव जी की अराधना करने लगी।

उधर गुरु जी ने कबीर के साथ पूजा अर्चना शुरू की। कबीर मंत्र का जाप कर रहा था और माला के मनके फेर रहा था। वो बिलकुल एक तपस्वी के वेश में बैठा हुआ था। गुरू जी भी धीरे धीरे से पाठ कर रहे थे। कबीर की जब एक माला पूरी हो जाती तो वो गुरू जी को दे देता और कुछ हवन सामग्री सामने धुनी में डाल देता। गुरू जी उसके हाथ में दुसरी माला दे देते। जब तक वो माला फेरते वो पहली माला का शुद्धीकरन कर देते। यह सिलसिला लगातार चल रहा था। रात के बारह बजे तक एक लाख मंत्रका जाप करना था।

धीरे धीरे समय बीत रहा था। पूजा अर्चना करते रात के बारह भी बज गए। अब गुरु जी ने इशारे से कबीर को उठने के लिए कहा और उसके हाथ में एक लाल रंग का फूल दिया। गुरू जी ने इशारा किया कि वो उनके पीछे पीछे आए। वृंदा आँखें बंद करके बैठी थी सो उसे कुछ नही पता चला। गुरु जी चौकी पर बने आसन से उठ खड़े हुए और चौकी एक तरफ सरका दी। नीचे जमीन पट की तरह खुल गई और सीढ़ियाँ दिखने लगी। गुरू जी आगे आगे और कबीर पीछे पीछे चल दिया। ऊपर चौकी दुबारा आपणे स्थान पर आ गई। नीचे जा कर एक द्वार खुला। द्वार के बाहर गुरू जी के पीछे पीछे

कबीर भी चल रहा था। सामने एक पहाड़ी थी। चारों तरफ हरे भरे पेड़ लहलहा रहे थे। इर्द गिर्द रंग बिरंगे फूल खिले हुए थे। चन्द्रमा की रौशनी में सारा दृश्य बहुत ही मनमोहक लग रहा था। पहाड़ी से झरना गिर रहा था चाँद की चमकती रौशनी में झरनें का पानी भी चाँदी की तरह चमक रहा था। अब गुरू जी ने कबीर मे कहा,

"शुभ महूर्त शुरू होने वाला है। तुम बिलकुल निर्वस्त्र हो कर झरने में नहाओगे। यह महूर्त बस दो जा तीन मिनट तक ही रहेगा। नहाते नहाते तुमने घुमना है तांकि चाँद की रौशनी तेरे सारे बंदन पर पड़े। साथ साथ पूरे मंत्र का जाप करना है। जब मैं ताली बजाऊँ तुम एक दम से झरने मे बाहर आ कर यह सामने वाले पेड़ की छाया में खड़े होना है तांकि बाद में तुम्हारे बदन पर चाँद की रौशनी ना पड़े। वही खड़े होकर तुम्हें कपड़े पहन लेने है। और जब मैं आवाज लगाऊँ तो तुम्हें वापिस समाधि स्थल की और आ जाना है"।

"ठीक है गुरू जी, मैं सब समझ गया अब जब आप कहोगे मैं कपड़े उतार कर झरने में नहाने चला जाऊँगा और मंत्र का जाप भी करता रहूँगा।" कबीर ने कहा।

अपनी घड़ी में समय देखकर गुरू जी ने कबीर को जाने के कहा। कबीर जल्दी जल्दी झरने की ओर चल पड़ा। कपड़े उतार कर पेड़ के नीचे रख कर वो झरने के अन्दर चला गया। हाथ जोड़कर मंत्र पढ़ते पढ़ते वो घूम रहा था। लगभग तीन चार मिनट के बाद गुरू जी ने ताली बजाई तो कबीर भाग कर पेड़ के नीचे जा कर खड़ा हो गया। वहाँ जाकर उसने कपड़े पहने और गुरू जी की आज्ञा की प्रतीक्षा करने लगा। लगभग पांच सात मिनट के बाद गुरू जी ने आवाज़ लगाई,

"कबीर बेटा अब आ जाओ।"

कबीर भागकर गुरू जी के पास आ गया। उसे अपने अंदर एक अजीब सी स्फूर्त्ती का अनुभव हो रहा था। पता नहीं झरने के पानी में क्या जादू था।

कबीर जब गुरू जी के पास पहुंचा तो गुरू जी ने कहा,

"कबीर बेटा अब अन्दर जाकर तुमने चरणामृत ग्रहण करना है और जो सुबह की अराधना व तपस्या चल रही है उसका प्रसाद ग्रहण करना है। उसके बाद ही तुम किसी से मिल सकते हो या बात कर सकते हो।"

हाँ में सिर हिलाकर हाथ जोड़कर वो गुरू जी के पीछे पीछे चल पढ़ा। समाधि स्थल में जाकर गुरू जी ने पहले कबीर को चरणामृत दिया फिर उसने प्रसाद ग्रहण किया। फिर गुरू जी बोले,

"बेटा तुम खड़े हो जाओ मैं रोशनी जला दूँ।

कमरे में बिल्कुल हल्का सा प्रकाश था वो भी एक दीए का। अब गुरू जी ने बिजली का बटन दबाया तो पूरा समाधि स्थल रोशनी से भर गया। गुरूदेव ने कबीर को देखा। वो खुशी से नाचने लगे। कबीर को गले से लगाकर बोले,

"बेटा हमारी तपस्या सफल हुई। जो मैं आश करता था वहीं परिणाम मिले हैं। मेरी वर्षों की तपस्या और अराधना की परीक्षा थी आज और मैं उसमें उत्तीर्ण हुआ हूँ। मुझे यह भी खुशी है कि उसका फल भोगने के लिए मैंने तुम्हें चुना है।

कबीर हाथ जोड़कर ध्यान से गुरू जी की ओर देख रहा था। फिर गुरू जी ने उसे कन्धे से पकड़कर उसके चेहरे को अच्छी तरह देखते हुए कहा।

"बेटा आपको अपने में कोई अंतर महसूस हो रहा है क्या?"

कबीर ने उत्तर दिया, "हाँ जी गुरू जी, मुझे अपने आप में एक स्फूर्ति की लहर महसूस हो रही है। मन में चंचलता है और

जैसे मैं कई वर्ष पीछे चला गया हूँ और अपने बचपन और जवानी का एहसास हो रहा है। मैं अपने आप में एक बड़ा बदलाव महसूस कर रहा हूँ।

"बस यही मैं चाहता था। शीशे में देखोगे तो खुद को नहीं पहचान पाओगे।" गुरू जी ने खुशी से कहा।

वृंदा वहाँ बैठे बैठे सो गई थी। अब गुरू जी ने कहा।

"कबीर बेटा वृंदा बिटिया को उठाओ वो शायद सो गई है।"

कबीर वृंदा के पास गया और उसे हिलाकर उठाया। वृंदा आँखे मलती मलती उठी और कबीर को देख कर खुशी के मारे चीख उठी। कबीर वही आज से बीस वर्ष पूर्व का कबीर लग रहा था। गोरा रंग लालिमा लिए हुए, नशीली आँखें, भरे भरे होंठ, चैड़ा माथा और माथे पर झूलती काली घुंघराली लटाएं। कोई सफेद बाल नहीं था, वही बचपन वाली अल्हड़ नजरें जो अपने साथ को ढूंढ रही थी।

"ओह कबीर, तुम तो पहले जैसे ही कबीर बन गए। गुरू जी धन्यवाद।"

कहकर वृंदा गुरू जी के चरणों में गिर पड़ी। तब गुरूजी ने कबीर से पूछा, "बेटा आपने स्नान करते हुए कितनी बार मंत्र जाप करके चक्कर लगाए थे।

"गुरूजी 15 बाऱ" कबीर ने उत्तर दिया।

"तो बेटा जी आपकी आयु 15 वर्ष कम हो गई है। अब आप 25 वर्ष के नवयुवक हो। आज मुझे मेरी तपस्या का फल मिला और खुशी है कि वो कबीर के रूप में मिला।"

गुरू जी ने कहकर कबीर को गले लगा लिया।

अब सुबह के चार बज चुके थे। एक सेवक सदा समाधि स्थल के बाहर खड़ा रहता है। गुरू जी ने उसे बुलाया और कहा,

"सेवक तुम इन बच्चों को ले जाओ इनको और इनकी नानी को चाय आदि पिलाकर विदा कर दो। मुझे अपनी सुबह की समाधि लगानी है और भक्ति करनी है।"

गुरूजी की बात सुनकर, उनको प्रणाम करके तीनों समाधि स्थल से बाहर आ गए। नानी के पास गए और चाय आदि पीकर नानी को उसके घर छोड़ कर कबीर और वृंदा अपने घर की ओर चल पड़े। रास्ते में एक बहुत सुन्दर बाग था। गाड़ी रोककर वो वहाँ उतर गए वहाँ चारों तरफ फूल ही फूल खिले थे और उनकी सुगंध मदहोश करने वाली थी। तभी वृंदा को आलिंगनबद्ध करते हुए कबीर ने अपने होंठ वृंदा के होठों पर रख दिए। अब वृंदा ने भी कोई विरोध नहीं किया और बोली

"कबीर आज हमारी यह सबसे अनोखी प्रेम कहानी पूरी हुई। बस अब और कुछ नहीं चाहिए तो कबीर ने अपने होठों से उसके होंठ बंद कर दिए और उस गाने के बोल हवा में गूँजने लगे।

हसं कर ले बात खुदा भी हो जाए काफिर

इमान फरिश्ते खों दें देख ले एक नज़र भर

पल में कर दे कत्ल ऐसी हैं नज़रे कातिल

उसका खुदा ही वाली मेहरबाँ होंवे जिस पर